사랑이 부족해서
변명만 늘었다

박현준 에세이

사랑이 부족해서 변명만 늘었다

펴 낸 날 2025년 1월 8일 초판 1쇄

지 은 이 박현준
펴 낸 이 박지민, 박종천
편 집 김정웅, 김현호, 민영신
책임편집 윤서주
디 자 인 롬디
책임미술 웨스트윤
마 케 팅 이경미, 박지환

펴 낸 곳 모모북스
경기도 파주시 지목로89~37(신촌로 88~2)3동1층
전화 010-5297-8303 팩스 02-6013-8303
등록번호 2019년 03월 21일 제2019-000010호
e-mail pj1419@naver.com

ISBN 979-11-90408-66-0

사랑이 · 부족해서

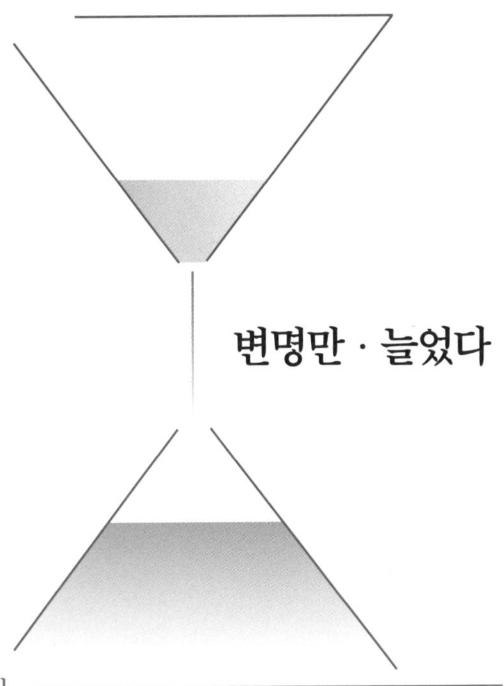

변명만 · 늘었다

박현준 에세이

모모북스

목차

PART II. 후기

프롤로그

일반적으로 크나큰 슬픔이나 고통을 맞닥뜨리면 다섯 단계의 과정을 거친다고 한다. 부정-분노-타협-우울-수용이 그것이다. 나이 사십을 목전에 둔 징그러운 현실 속에서 돌이켜 보니 늙은 나를 받아들이는 과정도 여실히 그러했다.

청춘이 고갈되었다. 홀연 아저씨가 되었다는 사실을 언뜻 인정하면서도 분명 부정한다. 그러고는 슬픔 같은 분노를 쏟는다. 술에 취해 나를 파괴하고 삶을 방임한다. 낯선 이가 툭 던지는 아저씨라는 지칭에 가슴이 긁히고 속이 쓰리다. 그런데 어느 순간부터는 자연스레 고개를 끄덕이기 시작하더니 이내 쓸쓸한 듯 퀭한 눈으로 먼 곳을 응시한다. 그리고 진즉에 청춘을 떠나보낸 나는 이제야 수용의 단계에 가까스로 다다르는 중이다. 아슬아슬하고 아릿한 그 외줄 타기의 시간은 몹시 길고도 아득했다. 정말로 가차 없이 청춘은 끝났다. 확실하게 꿈에서 깨어난 기분이다. 그러므로 모든 것들이 다 지난 시절의 꿈이었다는 것을 뒤늦게 알아차린다.

그리고 이제 나는 겨우 늙었다. 쉽지 않았다는 말이다. 동시에 고작 늙은 것 말고는 아무것도 아니라는 말이다. 별것 하지 않아도 세월의 급류에 몸을 맡기면 저절로 쉽게 나이들 수 있을 것 같지만 역시 나이를 먹는다는 것은 녹록하지 않다. 늙는 것은 의외로 한순간이었고 아쉬울 만큼 긴 젊음이었다. 혹시나 인생 선배들께서 나의 투정을 두고, 겨우 나이 사십 먹은 주제에 너무 젠체한다고 핀잔을 주려나. 아서라, 꿈에서 깨어난 직후가 가장 아쉬운 법 아니던가!

인생이라는 여정의 중요한 길목마다 표지석을 세우고 싶은 욕구를 건너뛰기란 참 쉽지가 않다. 꿈이었기에 희미하게 흩어져 버린 지난날을 분명한 형상으로 결산하고자 하는 마음은 매우 강렬한 것이기 때문이다. 나의 나이 듦을 그만 받아들이기 위해 삼십 대를 거치며 기록한 푸른 실존의 순간들을 길어 올렸다. 그러는 동안 알게 된 사실이 하나 있다. 늙은 나를 위로하는 것은 늙은 나라서 써지는 글이 있었다는 것이다. 언제까지나 사랑이 부족해서 쉴 새 없이 변명만을 늘어놓았다. 그 숱한 변명들이 서글픈 마음이기보다는 쏠쏠한 잔재미로 가닿았으면 좋겠다. 마지막으로 이 책을 읽는 사람들 모두가 각자의 방식으로 표지석을 세움으로써 각자의 빛나는 삶을 긍정하고 표상할 수 있기를 바란다. 언젠가 문득 뒤돌아봤을 때, 우뚝 선 그 의미의 흔적들은 우리가 다시금 앞을 향해 나아갈 수 있는 용기가 되어 줄 것이기 때문이다.

PART I

전기

착각의 늪

아이스티를 주문하기 위해 카페 직원 앞에 섰다. 복숭아 맛과 레몬 맛이 있었다. 잠시 고민을 한 뒤 말했다.

"복숭아 아이스티 하나 주세요."

그런데 갑자기 직원이 수줍은 듯 곱게 옅은 웃음을 터트리며 되물었다.

"복숭아이신 거죠?"

나는 직원이 웃는 이유를 당최 알 수가 없어 멈칫하면서 어리벙벙한 표정이 되었다. 그리고 그 순간 방금 전 내가 뱉었던 대사가 번뜩 떠올랐다.

"복숭아 레몬티 하나 주세요."

아이코, 아이코…….

나는 화끈거리는 얼굴을 붉히며 헤헤 멋쩍게 웃었다. 그녀도
덩달아 수줍게 쟁여 두었던 웃음을 마저 시원스레 꺼내 보였다.
하하 호호. 하하 호호.

그렇게 사랑이 시작되었으면 좋겠다.

X

불편한 밥상

탁탁탁. 지글지글. 치익치익. 보글보글.

익숙한 알람 소리에 스르르 눈을 떴다. 저마다 다른 소리들이 새로운 규칙으로 한데 어우러져 경쾌하게 울리고 있었다. 그 소리들은 나의 단잠을 깨웠지만 날카로운 자명종 소리처럼 성가신 것은 아니었다. 오히려 그것은 마치 나를 방해하기 위해 내 품으로 파고드는 강아지처럼 더없이 아늑하고 포근한 것이었다. 맛있는 냄새가 솔솔 풍겨 왔다. 무슨 반찬일까, 무슨 요리일까, 공복으로 안달 난 마음은 갖은 음식들을 떠올리며 추리하도록 했다. 잠에서 깨어났지만 일어나고 싶지 않았고, 반쯤 눈을 감은 채 얼마간은 더 그대로 누워 있기를 즐겼다. 잠자리로 스며드는 정겨운 소리와 냄새를 맞이하며 기상을 유예시키던 그 짧은 순간은 참 달콤한 것이었다.

"밥 먹어!"

짧고 달콤했던 시간의 장막을 거두는 어머니의 음성이 들려왔다. 자리에서 일어나 식탁으로 향했다. 그곳에는 늘 내가 추리한 것 이상으로 정성스러운 음식들이 차려져 있었다. 나는 최대한 정성스러운 마음을 담아 힘주어 화답했다.

"잘 먹겠습니다!"

그런데 이십 대 중반이 지났을 무렵부터 당연시되었던 그 일상의 풍경을 그대로 즐기지 못하게 되었다. 기상을 미루던 달콤한 그 순간을 마냥 즐기기에는 대책 없이 나이를 먹었다고 생각했고, 어머니의 밥상을 더 이상 당연한 것으로 여길 수가 없었기 때문이었다. 이 나이 먹도록 뭐 하나 제대로 이뤄낸 것도 없고 제대로 된 효도를 하는 것도 아니면서 그토록 정성스러운 밥상을 받는 것이 가당키나 한 것인가 하는 생각이 들었다. 아이는 자라기 위해 먹는다지만 어른은 잘하기 위해 먹는 것이 아닌가. 도대체 밥값은 하면서 먹고 있는 것인지 의구심이 들었다.

"잘 먹겠습니다……."

나의 목소리는 눈치를 보듯 점점 작아지며 가까스로 형식적 인사를 내뱉는 것으로 변해 갔다. 이러한 나의 고민을 가장 확실하게 해결할 수 있는 것은 바로 독립이었다. 그러나 나에게는 그럴 만한 능력이 충분하지 않았다. 그 대신에 그때부터 나는 나의 행동 사항을 지금까지와는 다른 양상으로 차차 변화시켜 나가기로 했다.

"밥 먹어!"

나는 이제 부엌에서 달그락거리는 소리가 조금만 나도 눈이 저절로 확 떠졌다. 말하자면 시댁에서 하룻밤을 머물게 된 며느리가 이튿날 아침 시어머니가 부엌에 먼저 나와 달그락거리는 소리에 얼른 일어나 부엌으로 부리나케 향하는 긴장감 같은 것이 생겼다. 나는 얼른 부엌으로 향했다. 그리고 프라이팬 앞에 자리를 잡고 밑반찬이 될 재료를 볶거나 고기 굽는 일 따위를 도맡았다. 어머니를 도와 상차림을 거들다 보니 가만히 받기만 했을 때는 몰랐던 좋은 점들이 있었다. 음식을 만드는 것에는 문외한이었는데 새삼 요리하는 재미를 느낄 수 있었고, 이런저런 이야기를 나눌 수도 있었다. 무엇보다도 홀로 밥상을 차리시는 외로움과 노고를 조금이라도 덜어 드리며 딸같이 다정한 주방 보조가 되어드릴 수 있다는 것은 나에게 작은 위안이 되었다.

그러나 주방 보조를 한다고 해서 나의 마음이 완전하게 편해질 리 없었다. 나는 조금 더 확실한 방법을 모색해야만 했다. 그래서 나는 언제부턴가 일을 마치고 집에 들어오는 길에 편의점에 들러 아침에 먹을 것들을 사 오기 시작했다. 주로 냉동식품이나 즉석조리식품, 아니면 샌드위치나 빵 같은 것들이었다. 나는 집에 들어서면서 방금 구입한 것들을 봉지에서 꺼내 보이며 어머니께 말했다.

"내일 이거 먹을 거니까 뭐 안 해주셔도 돼요."

그러면 어머니는 영 못마땅하다는 투로 말씀하셨다.

"뭐 그런 걸 먹니? 제대로 밥을 먹지!"

그 긴 세월 동안 밥을 차려주시고도 어머니는 아직 여력이 남으신 걸까. 그건 아마도 여력이 아니라 사랑일 테지. 신나는 얼굴을 애써 포장한 채 먹을거리를 꺼내 보이던 나는 이내 머쓱해졌다.

어머니가 해주셨던 갖은 음식들이 머리에 스친다. 결국 나를 키운 건 어머니의 밥상이고, 바로 그것이 지금의 나를 이루고 있는 것일 테다. 도무지 헤아릴 수 없을 만큼의 사랑이 가득 담긴 영양과 온기는 수십 년에 걸쳐 내 안에 머물며 나를 굳건하게 지탱해 주었고, 앞으로도 그러할 것이다. 그리고 나는 그저 더 열심히 살 수밖에 없다. 불편한 마음으로 받던 그 밥상도 결국 나중에는 사무치는 그리움으로 다가올 것을 알기 때문이다.

✕

고통의 미화

인간은 망각의 동물이라는 말이 있다. 보통 잊는다고 하면 부정적인 의미로 쓰이는 경우가 많은데 사실은 긍정적인 의미도 적지 않다. 어쩌면 우리는 망각의 기능을 지닌 덕분에 살아갈 수 있는지도 모른다.

극심한 정신적 충격에 대해서는 방어기제로서의 역할을 하기도 하고, 기억의 경중이나 수명에 따른 선별을 통해 우선순위를 이뤄 적절한 균형을 유지하도록 하기도 한다. 또한 어느 정도 소화시킬 수 있었던 고통에 대해서는 절반의 망각과 더불어 시간에 따른 왜곡을 통해 그것을 미화하기까지 한다.

예를 들면, 힘들고 고생스러웠지만 이제 와서 돌이켜보니 그래도 그때 그 시절이 좋았었다고 말한다거나 어머니의 잔소리가 새삼 그립다고 말하는 것들이 그렇다. 또 지금 생각해 보면 아무것도 아닌데 그때는 왜 그랬었는지 모르겠다면서 과거의 시행착오와 두려움에 대해 마치 추억을 더듬듯 제법 가벼운 소회로 포장하는 것들이 그렇다. 그런데 과연 그것들은 정말로 아무것도 아니었을까. 그토록 지난했던 그 시절이 언제 그랬냐는 듯 일순간에 나른한 추억으로 둔갑할 수 있는 것일까.

나는 아니라고 생각한다. 내가 고생한 시절을 꼽자면 단연 군 생활을 들 수 있을 것 같다. 나에게 있어 군 생활에 대한 기억이란, 힘들고 고통스러웠지만 대한민국의 건아로서 신성한 국방의 의무를 다하며 자랑스러운 호국의 사명감을 가슴 깊이 새길 수 있었다거나 고난의 상황들로부터 심신을 담금질하여 앞으로 펼쳐질 각종 문제에 대응할 수 있을 만한 면역력을 쟁취한 뜻깊은 시간으로 전혀 남아 있지 않다.

곱고 흰 피부는 마맛자국 얽듯 푸석푸석하고 검게 물들어갔고, 같은 나라 비슷한 하늘 아래의 여름과 겨울은 비슷비슷한 것이 아니라 군대에서의 여름과 군대에서의 겨울이 엄연히 따로 있다는 것을 생살에 사무치도록 느꼈다. 너무나도 하기 싫은 모든 것들을 해내는 동안 암세포의 증식을 무력하게 받아들이며 교양 있던 입술에 버젓이 욕설을 담았다. 무엇보다도 사회에 있었으면 결단코 가까이 하지 않았을, 수준 떨어지고 상스러운 것이 영락없이 양아치인 웬 같잖은 것들의 갈굼과 고참 놀이를 견뎌내야 하는 것은 가장 큰 고역이었다.

나는 그들이 아랫사람을 부리며 호령할 수 있는 것은 그들의 생애를 통틀어 이곳이 처음이자 마지막일 거라고 개탄하며 장담했고, 이곳에서 나가서부터는 평생 남들에게 굽실거리면서 비천하고 남루한 삶을 질질 연명해 나가기를 빌고 또 빌었다. 2년이라는 시간 동안 군데군데가 상했고 삭았고 짓물렀다. 다시는 생각하기도 싫고 억만금을 줘도 돌아가기 싫은 내 인생의 흠이자 가장 쓸데없는 시간의 정수였다.

어머니의 잔소리는 또 어떠한가. 사람마다 저지른 과오의 정도와 어머니의 전투력에 따라 다르겠지만 아무튼 이러나저러나 잔소리는 듣기 싫다. 낙숫물이 댓돌을 뚫듯 일상의 곳곳에서 반복적으로 히스테릭하게 귀를 때려 박는 따끔하고 잔잔한 그 소리는 귓구멍에서 피고름을 흐르게 하고, 때로는 진심으로 소멸을 꿈꾸게 한다.

김건모의 노래 <불효>에는 '혼내시던 그 모습이 그리워.'라고 부르짖는 애달픈 가사가 있다. 이렇듯 부모를 여의고 그리움에 사로잡힌 자식들은 분명 좋았을 리 없는 잔소리마저 어머니 자체로 치환하여 좋은 것으로 인식하고 그리워한다.

그러나 나는 현시점으로 발로되는 고통의 미화를 부정한다. 언젠가 나의 어머니께서 나보다 먼저 세상을 떠나신다면 아마도 나는 지독한 슬픔의 심연에 빠지게 될 것이다. 그러나 그리워할 것은 다만 어머니일 뿐, 어머니의 잔소리는 그리워하지 않을 것이다. 다시는 듣고 싶지 않은, 귓구멍에서 피고름이 흐를 만큼 고통스러운 청취의 정수였다.

╳

필기왕

나는 학창 시절에 사활을 걸고 노트 필기에 몰두했다. 당시 내가 어떤 상황이나 상태에 놓여 있었는지는 잘 모르겠으나, 아마도 뭔가에 대응하여 나타난 반작용적인 정신적 몰입이 아니었을까 하고 추측된다. 이유인즉 지금에 와서 보니 노트 필기의 자태가 상당히 병적으로 보이기 때문이다.

우선 글씨는 단 한 치의 오차도 허용할 수 없다는 듯 지나칠 정도로 정교하게 꾹꾹 눌러쓴 정자체였다. 또 글씨와 글씨의 간격, 줄과 줄의 간격, 모양 자를 대고 그린 각종 선이나 도형의 결곡히 정렬된 모습은 가히 숨 막힐 듯 엄밀했다. 그것은 마치 공부를 위한 필기가 아니라 필기를 위한 필기인 것처럼 보였다. 실제로 공부하는 시간보다 필기하는(아니 어쩌면 정밀화 그리기에 더 가까운) 시간이 훨씬 더 많았을 것으로 짐작될 만큼 본말이 전도된 것이었다.

어쨌건 나는 참으로 열심히 쓰고 정리했다. 그리고 어느새 나의 노트는 자연스럽게 표본이 되어 있었다. 담임 선생님께서는 종종 나의 노트를 높이 펼쳐 들어 면면을 전시하시며 다른 학생들에게 다그치듯 말씀하셨다.

"얘들아, 이것 좀 봐라. 얼마나 깔끔하게 정리를 잘했니? 너희들도 좀 이렇게 노트 정리를 해 봐라."

선생님의 공표를 통해 나의 노트는 필기 좀 한다는 꼼꼼한 여자아이들의 것을 물리치고 최고의 것으로 인정받게 되었다. 게다가 교내에는 각 부문에서 우수성이 돋보이는 학생들에게 한자 '王'이 새겨진 배지를 수여하는 제도가 있었는데, 나는 글씨 부문의 수상자로 선정되어 한동안은 교복 가슴께에 달고 다니기도 했었다. 이렇듯 노트 필기로 명성이 자자하다 보니 시험 기간만 되었다 하면 뭇 아이들의 대여 요청이 빗발쳤다. 일종의 교보재로 활용되는 것이었다.

이뿐만이 아니었다. 가볍디가벼운 마음으로 학교에 온 몇몇 아이들은 늘 내게서 필기구를 빌려 갔다. 자타 공인 필기왕으로서 그토록 기운생동한 노트 필기를 그리기 위해 종류별로 다양한 도구를 보유하고 있었기 때문이다. 세서미 스트리트의 엘모나 쿠키 몬스터 등

캐릭터가 예쁘게 디자인되어 있는 큼지막한 필통에는 샤프, 연필, 볼펜, 사인펜, 형광펜과 더불어 특별히 좋아하고 아끼는 '하이테크 C'가 색깔별로 있었다. 그래도 열 손가락 깨물어 안 아픈 손가락 없듯 모두가 소중한 장비였다. 그렇지만 거절하지 못하는 나의 유약한 성격 탓에 찜찜한 기분을 무릅쓰고 빌려줄 수밖에 없었다.

아이들은 마지막 교시가 끝날 때 돌려주겠다고 공언하면서 빌려 갔지만 어쩐지 나의 펜들은 나날이 하나둘 종적을 감추었다. 그러나 역시 나는 엄포를 놓으며 즉각적인 반납을 요구하는 결기가 전혀 없었으므로 혼자서 이러지도 저러지도 못하고 속앓이를 했다. 언제나 그렇듯 채무자보다는 채권자가, 세입자보다는 집주인이 더 스트레스를 받게 되는 것은 인생의 진리이자 숙명이었다.

나는 속앓이를 불식시키기 위해 나름의 방책을 강구하기로 했다. 그것은 바로 대여용 필통을 따로 마련하는 것이었다. 아이들에게 빌려주고 나서 다시 돌려받지 못해도 크게 개의하지 않을 만한 2군 펜들로 채워진 제2의 필통이었다. 집에 있는 연필꽂이에 처박아 둔 쓰다가 잊힌 펜들을 잔뜩 그러모아 필통을 꽉꽉 채웠다.

나의 못 말리는 이 방책은 아이들을 실소케 했고, 아이들에게 나의 특이함을 새롭게 각인시키도록 만든 하나의 사건이 되었다. 여느 때처럼 펜을 빌리던 아이들은 나를 향해 옅은 미소를 띠며 엄지를 추켜세웠다. 그리고 역시는 역시라 엄지와는 별개로 제2의 필통에 있는 2군 펜들 역시 회수되지 않는 일이 비일비재했다. 그래도 나는 이제 어느 정도 평온을 되찾을 수 있게 되었다. 어차피 기부하는 심정으로 마련한 필통이었으므로.

돌이켜 보면 호혜적인 것 없는 일방적인 원조였지만, 그 후로도 나는 변함없이 아이들로부터 필기를 잘하고 필기 노트와 필기구를 잘 빌려주는 인기 만점 필기왕으로 남을 수 있었다.

가장 예쁜 벚꽃

나무에 업혀 낭랑하게 만발할 때에는 모두에게 쉬이 우러름의 대상이 되지만, 낙화하고 나면 그 사랑 언제 그랬냐는 듯 무관심 속에서 짓밟히고 잊혀간다.

매년 봄 어머니께서는 집 앞 잔디밭에 똑똑 떨어져 있는 벚꽃을 하나하나 주워 오신다. 그다음, 널찍하고 동그란 도자기 그릇에 찰랑하게 물을 채우시고는 조심스레 수놓듯 촘촘히 정렬하여 물 위에 벚꽃을 띄우신다.

물면 가득 표표히 떠 있는 오종종한 그 모습은 오히려 나무와 함께한 전성기 때보다도 한층 더 예쁘고 화사하다. 축제의 뒤안길, 끝내 내려놓음으로 토라지고 쓸쓸해진 기억은 이제 하얗게 지웠다는 듯 더욱 말갛게 해끗해끗하다.

이렇게 우리 집에서는 가장 외로워진 벚꽃이 가장 아름다운 존재가 된다.

✕

선문답

담배를 피우러 집 앞 잔디밭에 있는 흡연 장소에 갔다. 그곳에 백발의 한 노인이 먼저 와 있었다. 노인은 그루터기를 닮은 바위에 걸터앉아 메마른 표정을 지은 채 연기를 폴폴 내뱉었다. 어딘지 모르게 초연한 듯 신선 같은 분위기를 풍겼다. 담배에 불을 붙이며 슬슬 다가가는데 노인이 대뜸 말을 건넸다.

노인 : 스트레스 푸는데 담배만 한 게 없어.

나 : 아, 뭐 그렇죠.

노인 : 담배 끊은 내 친구들은 다 죽었어.

나 : 스트레스를 풀 곳이 없어진 거군요.

노인 : 아니, 끊을 때가 되면 죽을 때가 된 거거든.

ⅹ

생명의 은인

횡단보도 앞에서 초록불을 기다리며 서 있었다. 고개를 약간 숙인 채로 스마트폰을 응시하고 있었는데, 왼쪽 시야의 끄트머리에서 어떤 여자가 나를 향해 바짝 다가오는 것을 감지했다. 그것은 나와 같은 횡단보도 대기자로서 단순히 자신의 자리를 차지하기 위한 움직임이라기보다 분명 나에게 말을 건네려고 오는 것으로 여겨졌다. 그래도 불완전한 시야와 나르시시즘으로 인해 착각한 것일 수도 있었으므로 나는 일부러 오른쪽으로 한두 걸음을 옮겼다. 고개는 따로 돌리지 않은 채 여전히 정면을 바라보고 있었지만, 이제 나의 시야는 완벽하게 그녀에게로 온통 집중되어 있었다.

그때였다. 그녀도 나를 따라 내 쪽으로 걸음을 옮기기 시작했다.

'올 것이 왔구나!'

지금껏 어림없는 기대에 불과했던 '저기요 저 마음에 들어서 그런데요'가 마침내 시작되는 순간이었다. 갑자기 심장이 쿵쾅거리기 시작했다. 무엇보다도 신호등이 바뀌기를 기다리고 있는 사람들의 시선이 몹시 신경 쓰였다. 나는 이런 대낮의 광장에서 그녀의 헌팅을 받아들일 마음의 준비가 아직 되어 있지 않았다. 그렇지만 어쩔 수 없는 노릇이었다. 나는 그녀의 갸륵한 용기에 대해 호기로우면서도 부드럽게 응대하기로 마음먹었다. 귀에 꽂고 있던 이어폰의 볼륨을 슬며시 0으로 만들어 놓고, '매너 있는 젠틀맨'으로 분하여 마음속으로 스탠바이를 외쳤다.

이윽고 그녀는 나의 팔을 툭툭 건드리며 나에게 신호를 보냈다.

"네?"

나는 무심하게 고개를 돌려 이어폰을 빼내며 대답했다. 그리고 아무것도 모른다는 듯 내숭으로 무장한 표정을 지었다. 시야의 끄트머리에서 희미하게 보이던 그녀의 얼굴이 정면으로 마주하면서 뚜렷해졌다. 썩 괜찮은 얼굴이었다. 왠지 눈을 사뿐히 내리깔고 수줍게 빙긋하며 섬섬옥수로 긴 머리카락을 귀 둘레 위로 잘 쓸어넘길 것만 같은 조신함과 단아함이 느껴졌다. 나도 마음에 들었다.

그런데 나를 바라보는 그녀의 표정이 어딘지 모르게 불안해 보였다. 그것은 좋아하는 마음을 고백하려는 자가 가질 법한 긴장과 초조에서 비롯된 불안이라기보다 오히려 공포에 더 가까운 것이었다. 그녀는 잠시 머뭇거리더니 검지로 내 머리를 가리키며 간신히 입을 떼었다.

"저기…… 머리 뒤에 송충이가 붙어 있어요……."

이내 그녀는 실색한 얼굴로 눈살을 찌푸리며 가까스로 나의 뒤통수를 응시했다.

송. 충. 이.

아아, 내가 누구인가. 세계에서 벌레를 제일 싫어하는 사람이 아닌가. 그토록 여름을 싫어하는 이유의 절반은 온갖 벌레들의 출현 때문이 아닌가. 아아, 벌레 앞에서는 남성성이고 뭐고 다 내팽개칠 수 있는 용기가 있는 사람이 아닌가. 그런 내 머리에 송충이가 있다니. 나무에 기어다니는 것을 그저 보기만 해도 소스라칠 만큼 두려운 송충이가 내 머리에 있다니. 내 머리에 송충이가, 내 머리에 송충이가, 내 머리에 송충이가…….

아아, 원래대로라면 나는 벌써 기절초풍하여 미치광이처럼 이리저리 날뛰었어야만 했다. 마치 몸에 붙어 있는 포스트잇을 손대지 않고 떼어내야만 하는 예능 속 게임에서처럼 온몸을 부르르 떨고

털면서 난리 법석을 떨었어야 맞는 것이었다. 그러나 지금 여기는 광장이었다. 사회적 인간으로서 타인의 시선을 의식하는 위대한 가면이 작동하기 시작했다. 나는 의외로 놀란 기색 하나 없이 매우 의젓하고 침착한 어조로 '매너 있는 젠틀맨'처럼 말했다.

"아, 그래요?"

그녀는 여전히 어쩔 줄 몰라 하고 있었다. 나는 멋쩍은 미소를 지으며 방금 전보다는 조금 더 힘주어 말했다.

"좀 떼주시겠어요?"

나는 그녀를 절대로 놓치면 안 된다고 생각했다. 뒤통수에 있어 보이지 않는 송충이의 제거 여부를 스스로 확인하기란 어려웠다. 목표물의 정확한 위치도 모르는데 함부로 후렸다가는 끔찍한 일이 벌어질 수도 있었다. 자칫 잘못하여 목덜미로 떨어지면서 만에 하나 옷 속으로 들어가기라도 한다면 나는 그 자리에서 신속한 죽음을 생각할지도 모르는 일이었다. 또한 내 머리카락은 왁스와 헤어스프레이로 고착화된 숲을 이루고 있었기 때문에 어설픈 어림짐작으로 건드렸다가는 으슥한 숲의 틈새로 끼어 버릴 수도 있었다. 나는 어떻게든 그녀가 나의 목숨을 구해 주기만을 간청해야만 했다.

그러나 그녀는 선뜻 나서지 못하고 있었다. 그녀 역시 송충이를 보는 것만으로도 매우 고역이었으리라. 뒤통수에 송충이를 매달고 있는 이 순간이 마치 영원으로 이어지는 듯 아득하게 느껴졌다. 나는 얼른 그녀가 용단을 내리기를 바라고 또 바랐다. 촌각을 지체할 수 없는 절체절명의 순간이었지만 나는 평정심을 유지하면서 다시 한번 나긋나긋이 말했다.

"그냥 손가락으로 살짝 튕겨 주시겠어요?"

그녀는 발을 동동 구르며 망설였다. 아무리 찰나일지라도 손가락을 송충이에 접촉하는 것은 도저히 내키지 않았는지 황급히 핸드백 안을 뒤져 휴지를 꺼냈다. 그러고는 휴지를 집은 손으로 조심조심 뒤통수에 접근하면서 진화에 나섰다. 나는 가만히 아무 말도 없이 꼼짝하지 않고 안수 기도를 받는 사람처럼 겸허한 자세로 그녀의 손놀림을 지그시 기다렸다.

"떨어졌어요!"

그녀가 격양된 목소리로 외쳤다. 그제야 한껏 수축되었던 몸이 스르르 풀리는 것 같았다. 나는 떨어진 송충이를 애써 찾지 않았다. 아무래도 저 송충이가 방금 전까지 내 뒤통수에 있었다는 사실을 직시하는 것은 너무도 끔찍했기 때문이다. 모르는 게 약이었다.

"하! 너무 감사해요! 와, 진짜 너무 감사해요!"

긴장이 확 풀린 탓인지 송충이가 붙어 있을 때까지도 유지하던 '매너 있는 젠틀맨' 콘셉트가 무색할 정도로 흥분하여 말했다. 그리고 연신 고개 숙여 폴더 인사를 건넸다. 그녀는 불그레 상기된 얼굴과 떨리는 음성으로 말했다.

"그냥 지나칠 수가 없었어요……."

아아, 그녀의 그 말은 내 가슴에 송충이보다도 묵직한 무언가로 깊이 내려앉았다. 나는 감동과 안도가 섞인 웃음과 함께 거듭 인사하면서 힘차게 고했다.

"정말 너무 감사합니다! 제 생명의 은인이세요!"

그녀는 송충이와의 사투가 잔상으로 남은 것인지 아직 반쯤은 질려 있는 표정이었다. 그리고 이 상황이 영 스스러운지 어색한 웃음으로 빠르게 눈인사를 남기고서는 총총 멀어져 갔다.

나는 다시 길을 걸었다. 자꾸만 머리가 근질근질하고 주뼛주뼛 서는 것 같았다. 공연히 손으로 뒤통수를 쓸고 또 쓸었다. 분명 송충이는 떠나갔지만 내 머리의 감각은 마치 치근덕거리는 이별의 잔상처럼 떠나지 않은 듯 진하게 느끼고 있었다.

나는 그녀에게 헌팅을 당했다. 그 대상이 내가 아니라 내 뒤통수에 붙어 있던 송충이를 향한 본래 의미의 진짜 헌팅이었지만 말이다. 어찌 됐든 나의 심장은 처음 그녀가 내 쪽으로 걸음을 옮겼던 그때와 마찬가지로 쿵쾅거리고 있었다.

그녀는 내 곁을 떠나갔다. 나는 그녀가 나에게 보여준 용기가 나로 하여금 '생명의 은인'이라는 표현을 썼을 정도로 얼마나 대단한 일이었는지 장광설을 늘어놓고 싶은 심정이었다. 내 머리에 있는 송충이를 떼어 줬다는 것이 어떤 의미인지를 가르쳐 주고 싶었다. 나이를 먹으면서 어느덧 타인의 위기에 무감각 해진 나를 그대가 다시 흔들어 깨워 줬다고 말해 주고 싶었다. 그리고 우리의 이 요란하고 험난한 첫 만남이 어쩌면 그대와 나의 영화 같은 시작이 될지도 모른다는 개수작도 부리고 싶었다. 하지만 그러기엔 긴 꿈같았던 송충이의 시간은 사실 너무나 짧았다. 아쉬움을 삼키고 나는 그저 마음속으로 염원했다.

'진심으로 그녀의 앞날이 부디 송충이 길이 아닌 꽃길로만 펼쳐지기를.'

나는 내 생명의 은인인 그녀를 절대로 잊지 못할 것이다.

X

노천의 낭만

노천의 낭만은 영원하지 않다. 돈이 있는 사람도 가끔은 노천을 즐기고, 돈이 없는 사람도 가끔은 마천루를 즐긴다. 그러나 어느 것을 기본 설정으로 하여 변주되고 있느냐에 따라 그 양상은 판이한 것이다. 있는 사람들은 충분히 누릴 것은 누리면서도, 역시 행복이란 물질과 소유만으로 충족되는 것은 아니라고 짐짓 점잖은 체하면서 삶의 고차원적 비밀을 간파하고 있다는 듯 여유를 부리기도 한다. 물론 이러한 생각은 나같이 없는 사람이 불만 가득 못마땅하여 협소한 시각으로 꼰 오판이다. 어쩌면 그들은 실제로 그들의 부와 관계없이 행복의 정의와 절대적 조건을 재정립하고 보다 의미 있는 나름의 가치관을 형성하고 있을 수도 있다. 혹은 '이스털린의 역설'에 의거하여, 내 수준에서는 도무지 알 수 없을 또 다른 결핍의 확장과 문득 삶에 대한 권태나 회의를 느끼고 있을지도 모른다. 아니면 못마땅한 나의 예상대로 아름다운 세상을 유지하기 위해 그냥 외면수새 하는 것일 수도 있다. 어찌 됐건 이러저러한 사정을 고려한다고 해도, 노천이 기본값인 생활에서 지독한 비바람이나 한서(寒暑)의 수모를 당하는 일이 잦다 보면 그 모든 것들이 다 복에 겨운 소리로 느껴진다. 그리고 부는 인성에 큰 영향을 끼친다. 인성이 버러지만도 못한 사람도 부유해지고 여유가 생기면 교양과 수준을 운운하며 제법 우아하게 너스레를 떨기도 하고, 인성이 순하고 고상하던 사람도 빈곤에 찌들어 수세에 몰리면 옹졸해지기 쉽고 이내 표독해지기도 한다. 노천의 낭만은 한순간이다. 노천의 낭만이란 있는 자의 여유고 없는 자의 자위다. 있는 자의 노천은 검소가 되고 없는 자의 노천은 궁상이 된다. 쾌적하고 아늑하게 지속되는 낭만은 오직 저기 저 마천루에만 존재한다.

-단골인 편의점 파라솔에서 독작(獨酌) 중 내리치는 비바람으로 영 화딱지가 나서 이죽거리던 축축하고 매몰찬 여름의 어느 날.

고마운 졸작

1.

나는 책과 영화와 음악을 누리는 감상자로서 아무리 졸작을 접하고 나서도 시간이 아깝다거나 돈이 아깝다는 생각이 들지 않는다. 아니, 오히려 모험을 떠나듯 설레는 마음으로 유명한 졸작들을 기꺼이 만나러 간다. 악명 높은 그것들의 자태가 얼마나 기막힌 것인지 내 두 눈으로 직접 확인하고 싶다.

2.

효율성을 높이기 위해 높은 별점이나 좋은 감상평을 지표로 삼아 따라가는 것이 나쁜 것은 아니지만 개인적으로는 지양한다. 또한 아무리 다수의 사람들이 저평가하거나 주목하지 않는다고 해도 직접적인 체험 없이 으레 범작이거나 졸작이겠거니 하고 거르는 어림짐작과 비주체적인 동조와 결론을 지양한다. 체질적으로 부화뇌동하는 것은 딱 질색이다.

3.

킬링 타임용 B급 영화로 취급되어 상대적으로 홀대되는 영화에 (이를테면 '남자사용설명서'가 그렇다) 크게 감응한 적이 있다. 반대로 천만 관객을 동원한 신드롬 급 흥행 영화에(이를테면 '겨울 왕국'이 그렇다) 별 감흥이 없던 적도 있다. 책도 음악도 모두 마찬가지의 경우가 있다. 다수의 호평과 찬사로 점령된 작품에 미적지근한 무표정으로 부동하기도 하고, 생각지도 못한 의외의 작품에서 뜨거운 예술적 환희를 조우하기도 한다.

4.

다수가 좋다고 느낀 것에서는 어떻게든 흥미를 잃어야만 하고, 작가주의나 비주류 또는 서브컬처에서의 독특한 멋을 찾고, 그것이 진짜 좋은 것이고 그것이야말로 예술적인 것이라고 느끼기 위해 느끼는, 다시 말해 나는 투쟁을 위한 투쟁을 일삼거나 퉁명스럽게 소수자의 권위를 설파하는 '예술병' 환자는 전혀 아니다. 아니, 오히려 완전히 반대편에 있는 사람이다. 선풍적인 인기로 시대를 풍미하고 대중적으로 엄청난 성공을 거둔 어떤 작품의 가치는 더 높게 평가되어야 한다고 생각한다. 반대로 소위 예술성을 강조한답시고 기존의 형식과 질서를 탈피하려는 목적 그 자체에만 혈안이 되어 결국 목적성에 매몰되고 마는, 한없이 모호하고 무례하기 그지없는 어떤 작품의 가치는 더 낮게 평가되어야 한다고 생각한다. 그냥 좋은 게 예술이 되어야지, 왠지 예술 같아 보이는 게 예술이 되는 경우가 너무 많다. 아, 물론 예술 같아 보이는 게 따지고 봐도 예술인 경우가 많다.

5.

주옥같은 명작만을 향유하기에도 인생은 짧다. 그러나 명작과 수작을 향해서만 이끌려 가는 삶은 단조롭다. 명작을 알고 싶은 것처럼 졸작을 만나러 가는 기꺼운 마음 역시 앎에 대한 욕구이다. 그것들은 도대체 왜 졸작이 되었는지 몸소 주체적으로 판단하고 싶다. 실패의 데이터를 쌓아 가는 것은 즐겁다. 명작의 데이터를 쌓아 가는 것 못지않게 졸작의 데이터를 쌓아 가는 것은 즐겁다. 내가 남달리 정신적 마조히스트의 기질이 있어서 그런 것인지는 몰라도, 안 좋은 것을 접하고 불쾌에 직면할 때면 묘한 쾌와 성취감으로 반응한다. 졸작은 반면교사가 되어 가르침을 주고, 명작이 왜 명작인지를 새삼스레 느끼도록 하여 명작의 소중함을 일깨워 준다. 열등감으로부터 벗어나 새로운 동력을 얻을 수 있도록 만들어 준다. 그리고 무엇보다도 재미있다. 어떻게 저렇게 만들 수가 있지? 명작을 접한 후에 생기는 그 경외심이 졸작을 접한 후에도 그대로 생긴다. 머릿속에 성공과 기쁨의 갤러리만으로 치우치지 않고 실패와 슬픔의 갤러리까지 더해 넓은 스펙트럼으로 잡다하면서도 균형 잡힌 라이브러리를 구축할 수 있게 된다. 이토록 이롭고 고마운 졸작들은 나에게 낭비가 아니라 단비가 된다.

6.

웃고 떠들 때가 아니다. 가장 중요한 것, 그리고 잊지 말아야 할 것은 그래 봤자 창작자인 나도 결국 누군가에게는 '고마운 졸작'이라는 역할로 존재하고 있을 것이라는 자아비판적 인식이다.

문을 닫는 여자

어떤 사람이 커피숍 출입문을 밀면서 밖으로 나간다. 뒷마무리를 허투루 하고 그대로 가 버리는 바람에 문이 활짝 열려 있다. 푹푹 찌는 날씨가 머금고 있던 둔중하고 텁텁한 공기가 훅 들이닥친다. 에어컨이 만들어 놓은 실내 공기의 신선도가 일순에 희석되는 듯하다.

짜증이 나지 않을 수가 없다. 내가 정말 못마땅해하는 인간의 부류이다. 주변의 상황이나 환경에 대하여 무심하고 둔감하기 짝이 없는 사람들. 물론 문을 제대로 닫지 않았다는 행동 하나를 가지고 어떤 부류로 몰아 버리는 것은 성급한 일반화의 오류일 수도 있다. 그러나 나는 살아오면서 점점 '하나를 보면 열을 안다'라는 속담을 따르게 되었다. 왜냐하면 그것이 사람을 판단하는데 매우 유효한

프로세스라는 것을 숱한 경험을 통해 체득했기 때문이다. 한 인간이 내보이는 개별적인 말 하나 행동 하나하나가 그 인간을 더 자세히 들여다보는 수고를 하지 않아도 대략 어떤 부류에 속하는 인간인지를 충분히 시사한다고 믿게 되었다.

그렇다고 해서 나 자신은 언제나 곧고 올바르고 실수하지 않고 남에게 누가 되는 일은 결단코 하지 않는 완전무결의 부류에만 속하므로 비난과 판정의 정당성을 획득하고 있다는 것은 당연히 아니다. 나 역시 누군가에게는 비정상과 무례와 폐와 이질로 여겨져 간편하게 심판의 대상이 될 수 있다. 더욱이 나는 선악이나 시비의 경계를 칼로 베듯 이분하는 것은 불가능하며 절대 선과 절대 악은 없다고 생각한다. 다만 내 맘에 드는 사람과 내 맘에 들지 않는 사람이 있을 뿐이다. 어쨌든 나는 문을 열고 가는 저 사람이 싫다. 더 안 봐도 알 것 같다.

혹자 : (힐난하듯) 거참, 별것도 아닌데 그냥 네가 좀 솔선해서 닫고 오면 그만이지, 방관하는 주제에 쓸데없이 말만 엄청 많네!

아니다. 나도 의외로 착한 구석이 조금은 있다. 아까도 내가 또 싫어할 만한 사람들이 두 번이나 문을 열어 놓고 갔는데, 그때는 군소리하지 않고 일어나서 닫고 왔다. 이번이 세 번째다! 또! 또! 또! 내가 무슨 커피숍 문지기도 아니고 몇 번을 왔다 갔다, 이제는 도저히 열불 나서 못 참겠고 못 닫겠다.

세 번째로 열린 문을 바라보며 애써 화를 억누르고 있다. 그사이 몇몇의 사람들이 열린 문을 그대로 두고 무심하게 드나든다. 그때, 한 여인이 커피숍으로 들어오는데 아주 자연스럽게 문을 살포시 닫으면서 들어오는 것이 아닌가. 저 여자다. 저 여자는 내가 못마땅해하는 부류의 대척점에 있는 사람이다. 참 세심하고 교양 있는 여자다. 저 행동 하나만 봐도 나는 왠지 저 여자를 잘 알 것만 같다. 더 안 봐도 알 것 같은데, 그래서 더 알고 싶어서 더 봐야 할 것 같다. 남이 싸질러 놓은 똥이라도 손해 본다는 생각 없이 무심하게 제자리로 되돌리고 정리하는 여자, 그녀는 나의 이상형이다.

X

고소한 오탈자

인쇄되어 있는 글을 마주할 때에는 기본적으로 어느 정도의 믿음이 밑바탕에 깔린다. 그래서 똑같은 글이라도 책에 안착한 글과 글자는 뭔가 그럴듯하게 보인다. 심지어 아무리 시답잖은 글이라도 종이에 눌러앉아 '책'이라는 간판의 비호를 받으면 그런대로 의미가 생긴다. 특히 맞춤법과 띄어쓰기에는 상당한 신뢰성이 발생한다. 책에 있는 맞춤법과 띄어쓰기는 으레 맞는 것으로 생각하기 십상이다. 출판은 장난으로 하는 것이 아니므로 어지간히도 깐깐한 편집자의 철두철미한 교정 작업을 거치기 때문일 것이다. 그러나 사람이 하는 일에는 늘 그렇듯 실수가 따르기 마련이다.

나 역시 책을 믿는다. 별것 아닌 말 같아 보여도 뭐라도 의미가 있겠거니 쉬이 끄덕이기도 하고, 맞춤법과 띄어쓰기는 윤상을 믿듯 믿는 편이다. 물론 모르는 것이 많아서 쉽게 믿는 것이겠지만 말이다. 아무튼 지금껏 꽤 많은 책을 읽었다. 그중에 오탈자를 발견한 일은 손가락에 꼽을 정도로 드물었다.

정말로 오랜만에 오자를 발견했다. 처음에 분명 오자로 인식했는데도 나는 나의 눈을 먼저 의심했고 책을 믿었다. 재정비하듯 눈을 한 번 지그시 감았다가 뜨면서 고개를 좌우로 살래살래 흔들었다. 정신을 바짝 차리고 다시 집중해서 문장을 살펴봤다. 틀림없는 오자였다. '를'이 '을'로 되어 있었다. 햐, 요것 봐라. 고소하다 고소해. 쌤통이로구나. 구석구석을 털어도 먼지 하나 나지 않던 이에게서 끝내 먼지 하나를 찾아낸 것처럼 쾌감이 느껴졌다. 너 나한테 걸렸어! 이봐, 내가 이런 사람이라고!

남의 책에 있는 오자에 조소를 머금었던 이력을 떠올리다 보니 슬슬 걱정이 된다. 나는 나의 책을 조소로부터 방어할 준비를 갖추었는가. 지금 이 책에는 오탈자가 나올 것인가. 자, 당신의 예리한 관찰력으로 월리를 찾듯 찾아보시길 바란다. 책을 꽉 부여잡고 책잡을 만한 티를 발견하기을…….

X

소주는 소주잔에

청춘과의 소원(疏遠)이든 경제적인 빈곤이든 모종의 감정적 변화이든 간에 소주를 종이컵으로 마시는 일이 잦아졌다는 것은 비약하자면 삶의 축제로부터 멀어졌음을 의미한다.

화려하고 시끌벅적한 젊음의 거리로 진출하기가 꺼려진 것이고, 반드시 광장이 아니더라도 술잔이 있는 술집으로부터 멀어진 것이다. 술집에서 멀어진 것은 술집에서 만날 사람들과 멀어진 것이다. 사람들과의 만남이 달갑지 않은 것이고, 달갑지 않은 어떤 상황에 놓인 것이다. 혹은 이렇든 저렇든 이제는 소주의 유무 말고는 아무런 상관도 없게 되었다는 삶의 무감각화(化)이다.

소주병의 기울어진 끝이 소주잔에 부드럽게 부딪치는 청아한 울림, 꼴꼴 꼴꼴, 서로에게 사랑을 가득 담아 술을 따르고, 짠 짠,

사랑이 넘칠 듯 넘실거리며 반가운 마음끼리 마주치는 경쾌한 소리, 사랑은 나를 채우고 비우는 일, 그러니까 원샷, 크 좋다, 달뜬 기분과 맛있는 감탄사, 활기차고 명랑한 일련의 서막은 어느덧 꿈처럼 자취도 없이 사라진 것이다. 소용없어지고 재미없어지고 거추장스러워진 것이다.

소주잔이 없는 내 단골집(편의점 파라솔)에 처음으로 소주잔을 직접 챙겨 왔다. 종이컵으로 대충 마시다 보면 소주잔을 기준으로 한 적당한 한 잔의 양을 헤아리기가 어려워 콸콸 들이붓게 되고 홀짝홀짝 들이마시게 된다. 그래서 늘 기존 주량에 비해 쉽게 취하곤 했는데, 소주잔이라는 형식을 통해 그 점을 방지해 보기 위해서였다.

짐짓 초연한 체하며 무미건조하게 지내 왔지만 실은 나는 소주를 종이컵으로 마시는 삶에 완전하게 녹아들지 못한 것 같다. 나는 아직 소주병이 소주잔에 닿을 때의 그 청아한 울림이 그립다. 소주로 가득 찬 종이컵을 들 때의 눅눅함이나 소슬한 공허함보다는 소주잔에 적정량의 소주가 옹골지게 담겨 산뜻하고 맵시 있는 그 자태가 그립다. 친구들과 함께 여명의 엄습을 몰각하며 마시고 또 마시던 객기 어린 홍대 거리가 그립다. 옛사랑과 마치 내일은 없는 것처럼 무서울 것 하나 없이 영원을 덜컥 믿기도 했었던 그 시절이 그립다. 여전히 꿈을 꾸고 지치지 않는 열정으로 하루하루 활기차게 도전을 멈추지 않는다면 나이는 그저 숫자에 불과하다는 그런 거짓말 말고 진짜 사전적 의미의 청춘이 그립다. 다시는 돌아갈 수 없는 내 인생의 전성기가 그립다. 젊었던 그때도 퍽 그리워하는 사람이 었는데 역시 나이를 먹어감에 따라 다 그립고 더 그립다.

X

성추행범

그때 나는 당산역 환승 에스컬레이터에 서 있었다. 올라가는 방향이었다. 이어폰으로 음악을 들으며 핸드폰 화면 속에 시선을 고정시키고 있었다.

갑자기 내 앞에 서 있던 사람이 획 뒤돌아보는 기척이 느껴졌다. 슬며시 고개를 들어 앞사람을 바라보았다. 여자였다. 여자는 잔뜩 불쾌한 표정으로 나를 향해 무슨 말을 내뱉고 있었다. 그러나 흡사 가족오락관의 '고욕 속의 외침'과 같은 상태였으므로 무슨 말을 했는지 전혀 알아들을 수가 없었다. 재빨리 이어폰 한쪽을 빼내면서 말했다.

"네?"

여자는 다시금 큰소리로 쏘아붙였다.

"지금 뭐 하시는 거예요!"

나의 마음은 '응……?' 그 자체였다. 아마도 지금 이 여자는 성추행 피해자로 분하여 엄청 흥분하면서 나를 추궁하고 있다는 것을 단번에 감지할 수 있었다. 나는 너무나 황당한 나머지 그야말로 안재욱의 결혼식에 왜 참석하지 않았냐는 김흥국의 핀잔을 듣던 조세호의 표정이 되어 버렸다. 뒤이어 일 초 남짓의 순간 급속도로 무서워졌다. 만약 지금 여기서 어설프게 우물쭈물하다가는 큰 덫에 걸리게 될 것만 같은 공포였다. 수많은 사람들이 지켜보고 있는 가운데 영락없는 성추행범으로 몰릴 것만 같은 위기였다. 여자의 '지금 뭐 하시는 거예요'라는 확신에 찬 외침은 앞뒤 상황을 생략하더라도 당장에 이 여자를 피해자로, 나를 가해자로 만들기에 충분했다.

그러나 내 신체의 일부가 E.T.와의 검지 교접만큼이라도 닿았다든가, 핸드폰의 위치가 은밀한 각도에서 몰래 촬영하는 듯 수상했다든가, 옷이라도 스쳤다든가, 그것도 아니면 음흉한 눈빛으로 몸매를 훑어봤다든가 하면 그 어느 것도 전혀 해당되지 않았다.

걷잡을 수 없이 엄습하는 두려움은 별안간에 생존 본능을 작동시켰다. 순간 엄청난 반작용의 힘이 나를 거친 싸움닭으로 변신시켰다. 곧바로 소리치듯 과격하게 응수했다.

"뭐라는 거야 이 미친년이!"

씩씩거리며 여자를 노려보았다. 그리고 여자의 반격을 대비하여 한껏 날을 세웠다. 그런데 여자는 아무 대꾸도 없이 흥분을 싹 거두고 수그러들더니 다시 제자리로 고개를 쓱 돌렸다. 나는 놀란 마음에 얼굴이 후끈 달아오르고 가슴이 벌렁벌렁 뛰었다.

"저한테 왜 그랬어요? 말해 봐요. 저한테 왜 그랬어요?"

여자를 잡아끌어 이유를 따져 묻고 닦달하면서 달콤한 대사를 쳤어야 했는데 그러기엔 경황이 너무 없었다. 아무 일도 없었다는 듯 꿈쩍하지 않고 서 있는 여자의 뒷모습을 표독한 눈초리로 그저 바라볼 뿐이었다.

하마터면 졸지에 성추행범으로 누명을 뒤집어썼을지도 모르는 아찔한 순간이었다. 아무런 죄 없는 나를 성추행범으로 몰아 곤혹스럽게 만들다니 몹시 분했다. 그러나 누명을 쓸 뻔한 사실만큼이나 더 분한 것은 따로 있었다.

그 여자는 심히 못생긴 것이었다. 게다가 몸매도 없었다. 사실상 미녀의 '어머, 왜 이러세요' 같은 에지 있는 경계심이나 우아한 애티튜드를 구사하기에는 가당치도 않은 생김새였다. 뭔가 대단히 큰 착각으로 가상의 적을 만들고 가상의 적과 싸우는 섀도복싱을 과업으로 삼고 있는 모양이었다.

아아, 그 여자의 못생긴 얼굴은 나의 누명을 더더욱 분하고 비참하게 만들었다. 아무리 내 삶이 그저 그런 수준으로 남루해졌다고 해도, 살다 살다 이렇게 터무니없는 여자에게 수모를 당하고 산다는 것이 더없이 가엾고 수치스러웠다. 위태롭게 버티던 내 삶은 못생긴 미친년의 모함으로 풀썩 주저앉고 말았다.

추신 : 그럼 성추행의 누명을 쓰고도 덜 마뜩잖게 느껴질 만한 여자가 따로 있는 것이냐고 반문하지 말기를. 외모를 걸고넘어진 것은 스스로도 아쉬운 마음이지만 그 여자의 못생긴 얼굴이야말로 이 사건을 치명적으로 만든 본질이었다. 다만 나의 격노로 말미암아 굳이 표현된 극적, 비약적 분풀이쯤으로 여겨주기를.

╳

컬러 콘

아파트 주차장 한 구역에 컬러 콘이 놓여 있다. 컬러 콘 몸체에 떡하니 검은색 궁서체로 쓰인 글자가 눈에 들어왔다.

소
주

아니, 내가 좋아하는 단어가 아닌가. 포장마차에서 쓰다가 버린 것을 주워 온 걸까? 거참 재미있구려. 근데 누가 광고를 컬러 콘에 하나? 기이하지만 뭐 그럴 수도 있지. 아니야, 그럴 리가 없다고 의심하는 마음으로 고개를 비스듬히 기울이자 옆쪽으로 또 다른 글자들이 나타났다.

소형차

주 차

젠장, 이 무슨 한스 홀바인의 그림에서 숨겨진 해골 찾기 같은 상황인가. 호객하던 컬러 콘은 홀연 사라지고 싱거운 현실만이 남았다. 꺼진 불은 다시 봐도 보인 글을 한 번만 보고 지나쳤으면 좋았을 것을. 개 눈에는 똥만 보인다고 역시 나는 어쩔 수 없는 놈이라는 내력에 흐뭇했을 것을. 문득 어제도 마셨던 술이 새삼 그리워진 김에 또다시 한 잔이면 금세 취했을 것을.

오호라, 보고 싶은 것만 보이던 때가 좋았다. 보이는 것이 전부라고 믿고 떠나던 그때가 좋았다. 그때는 틀린 것도 믿었던 사랑이어서 그대로 좋았다.

혀 클리너

이십 대 초반 무렵이었다. 그때 나에게는 반년 남짓 만났던 여자 친구가 있었다. 그녀는 참 착하고 수수하고 순진한 면모를 풍기는 매력적인 사람이었다. 그리고 그녀에게는 마치 순풍산부인과의 허영란처럼 더 많이 좋아하는 사람의 숨김없는 스탠스가 있었다. 그래서 나에게 딱 붙어 생긋하며 반짝거리는 눈망울을 발사하곤 했는데 그 모습이 무척 귀여웠다.

그날도 우리는 데이트의 프렐류드인 커피숍에 마주 앉아 있었다. 그녀는 테이블이 만든 둘 사이의 거리가 아쉽다는 듯 두 팔을 테이블 위에 걸치고 몸을 쭈욱 내밀어 내 쪽으로 최대한 전진시켰다. 그리고 예의 그 슈렉 고양이 같은 초롱초롱한 눈망울로 내 얼굴을 뚫어지게 바라봤다. 나도 응수하듯 그녀의 말간 얼굴을 찬찬히 바라봤다. 그때였다. 그녀의 얼굴을 죽 훑어보던 중 그녀의 한쪽 콧구멍 입구에 절묘하게 전진 배치된 뭔가가 눈에 띄었다. 코딱지였다.

대체 그게 뭐라고. 지금이야 만날 여자가 없다 뿐이지 콧구멍에 낀 코딱지든 이빨에 낀 고춧가루든 눈머리에 낀 눈곱이든 간에 대수롭지 않게 그리고 다정하게 떼 주면 그만이라는 생각이 든다. 또 '사람 사는 게 다 거기서 거기'라는 생각을 따르는 제법 무던한 사람이 되었다. 하지만 그때의 나는 그렇지 못했다. 어리고 서툴렀던 나는 모든 것에 있어서 어려워했고 부끄러워했다. 물론 코딱지로 인해 그날 이후 갑자기 정떨어져서 돌연 헤어져 버리는 이상한 일을 벌이지는 않았다. 그러나 코딱지만큼 작았던 콧구멍 속 그 코딱지는 검은 심연 속 우주에 자리한 거대 행성과 같은 크기의 잔상으로 남아 한동안 나를 괴롭히고 또 괴롭혔다.

SNS를 하다가 우연히 광고를 보고 난생처음 '혀 클리너'라는 것을 덥석 구매했다. 싼 가격에 원 플러스 원이길래 구미가 당겼다. 평소 양치질을 할 때도 혀를 다소간 박박 문질러 혓구역질로 마무리를 짓는 편이었는데, 사용 예시를 보니 백태를 제거하기에는 칫솔보다 훨씬 효과적인 도구로 보였다.

혀를 힘껏 내밀어 전투적으로 긁어냈다. 희끄무레한 이물질들이 일어나 혀끝으로 한데 모이는 모습이 마치 닭갈비 철판에 타고 눌어붙은 것들을 긁개로 쓱쓱 걷어낼 때와 같았다. 혀끝으로 모여 혀 클리너에 묻은 확실한 성과를 눈으로 확인할 수 있으니 확실히 쾌감이 있었다. 그러나 미관도 미관이지만 그것보다 중요한 것은 구취가 개선되느냐의 여부였다.

결과는 합격이었다. 손바닥을 부딪치고 돌아오는 날숨의 피드백에서 전보다 현저하게 줄어든 구취를 느낄 수 있었다. 본디 지니고 있던 구취가 10이었다고 하면 겨우 2~3 정도로 느껴졌다.

아아, 확연한 차이를 느끼는 그 순간 불현듯 혀 클리너 없이 10의 구취로 살아왔을 나날들이 밀물처럼 엄습하여 소스라쳤다. 나와 함께 입술을 맞부딪치며 호흡을 교환했던 그녀들이 떠올랐다. 나는 한 번도 구취에 관한 핀잔을 들은 적이 없었다. 그러나 그것은 나에게 구취가 없어서가 아니라 그녀들에게 배려가 있었기 때문일 것이다. 아마도 그녀들 중 몇몇은 나의 입안에서 사랑을 잠재울 만한 거대 행성과 마주했을지도 모르는 일이다.

성인이 된 이후 미용과 관리의 역사에서 전환점이 되었던 몇 가지 물건이 떠올랐다. 땀으로 인해 불쾌한 육향이 퍼질까 봐 겨드랑이에 뿌리고 바르기 시작한 데오드란트, 지인과 술을 마시다가 문득 지인이 "너 코털 정리 좀 해야겠다."라고 말하며 즉석에서 인터넷 구매로 선물해 준 계기로 입문한 코털 면도기, 그리고 오늘의 혀 클리너까지.

나 역시 지금껏 나의 하찮은 부속물들을 본의 아니게 풍기고 흘리고 내보이다가 뒤늦게 깨닫고 보완하면서 살아왔다. 그리고 어쩌면 지금도 타인을 움츠러들게 하는 또 다른 거대 행성을 지니고 있으면서도 미처 깨닫지 못하고 있거나 모른 체하며 살고 있는지도 모른다. 이를테면 담배 냄새 같은…….

물론 그것들이 삶의 근간을 마구 뒤흔들 만큼 본질적인 문제는 아닐 것이다. 복잡다단한 사람 사는 일 가운데 가늘고 사소하게 벗겨지고 파생되는 그저 그런 거기서 거기쯤인 것들. 하지만 처음인 듯 요란하게 수거된 백태를 보며 나는 새삼 기억해 본다. 거추장스러운 나의 털, 나의 구취, 나의 체취, 나의 추태, 나아가 나의 온갖 결함들까지 그저 말없이 받아들여준 사람들이 있었다는 것을.

나의 옛 그녀는 이제 콧구멍 속 작은 행성을 잘 추스르는 사람이 되었을까? 모르긴 몰라도 잘 살고 있을 것이다. 좋은 사람이었으니까. 다만 나는 또다시 낄 내일의 백태를 박박 긁어내며 참회와 감사로 살아갈 수밖에 없다.

✕

구급차 사이렌

구급차 사이렌이 소란스럽게 울린다. 내가 사는 곳 바로 근처에 큰 대학 병원이 있어서 집에 있을 때면 자주 그 소리를 듣곤 한다. 그때마다 나는 생각한다. 아아, 지금 이 순간에도 누군가는 생사의 기로에서 허덕이고 있구나. 촌각을 다투며 지나가는 그의 시간은 잠시 잊고 있었던 나의 늘어진 시간을 각성시킨다. 뭐 그렇다고 해서 대책 없이 측은의 감상에 젖기만 하는 것은 전혀 아니다. 구급차에 실려 가고 있는 그를 향한 측은의 마음보다는 오히려 나 자신을 향한 냉소적 직시의 마음이 더 크다. 그렇다면 과연 내 차례는 언제일까. '가는 데 순서 없다'라는 말을 누구나 말로는 쉽게 내뱉는다. 하지만 우리들은 그 말을 진심으로 곱씹어 삶에 실제로 적용하면서 살아가고 있는 걸까. 끝을 모르고 위로 뻗어 나가는 욕망의 가지들을 성둥성둥 잘라 내고 밑바닥 들여다보기를 즐기다 보면 문득 그런 생각이 더 수월하게 든다. 수십억 로또에 당첨되는 나의 순서는 도대체 언제 오는 것이냐는 그 지연에 대한 불평의 마음보다는, 어쩌면 나였을지도 모르는 오늘의 저 구급차 탑승의 순서가 하루 또 지연된 것에 대한 감사의 마음이. 물론 행복이란 자신의 내면에서 자주적으로 탐색해 나가야 하는 것이지 타인의 고된 상황을 재료 삼아 행불행의 성급한 결론과 꾸며 낸 위안에 이르는 것은 온당치 않겠지만 말이다.

피해의식

술을 마시고 있다

내 앞을 지나가는 쌍쌍의 남녀 무리

그중에 한 사내놈과 눈이 마주친다

낄낄거리는 눈빛이 영 고깝다

왜 내가 한심해 보이니?

왜 내가 늙어 보이니?

왜 내가 불쌍해 보이니?

내가 너만 할 때 지금의 너보다 약했을 것 같니?

이런 나의 늙음을 나조차도 너의 당연한 젊음처럼

당연하게 받아들이고 있겠니?

내가 지금 네 옆에 있는 여자보다

섹시한 여자를 못 만나 봤겠니?

나는 더 이상 꿈이 없을 것 같니?

운 좋은 줄 알아

내가 더 취해 있었다면 아마 너를 때렸을 거야

내 삶을 경멸하고 있는 만큼 힘껏 때렸을 거야

친절 거두기

직업에 귀천이 있느냐 없느냐에 대해 사람들마다 의견이 분분할 것이다. 나는 우선 '귀천'이라는 자극적인 워딩으로 어떤 것은 귀하고 어떤 것은 천하다는 식으로 딱 잘라 가름하여 대립시키는 것은 바람직하지 않다고 본다. 사회를 하나의 유기체적 관점에서 볼 때, 다양한 직업군의 다양한 직업인들이 각자의 위치에서 맡은 바 제 역할과 기능을 수행하고 서로가 필연적이고 상보적인 관계를 형성함으로써 사회가 비로소 형태를 갖추고 원활하게 돌아갈 수 있는 것이기 때문이다.

우선 직업에 귀천이 있다고 생각하는 사람들은 예로부터 비롯되어 잔재하고 있는 '사농공상'의 개념(그것이 꼭 신분과 계급의 차이를 의미하는 것은 아니었다고 해도)을 염두에 둔 것일 수 있다. 그리고 속

칭 '사자 직업'을 선호하고 우대하는 사회적 풍토와 직업에 따라 현격히 달라지는 생활 수준과 삶의 질의 차이에서 오는 가혹한 불평등의 현실을 냉소적으로 반영한 것일 수도 있다.

그렇지만 지금이 어떤 시대인가. 삶과 행복의 의미를 구시대적이고 일률적인 방식과 기준에 쉽게 내주지 않고, 각자의 개성이 담긴 주체적 판단으로 독자적인 행복의 모양을 재조립해 나가는 예쁘고 당찬 Z세대의 시대가 아닌가. 그러니까 무려 '2020년 우주의 원더키디'의 시대를 살아가고 있는 현시점에서 직업을 귀천의 개념으로 나눠 평가하는 것은 매우 시대착오적으로 느껴진다.

물론 국가와 사회의 존립에 있어 상대적으로 더 핵심적이고 중차대한 직업이 있다. 또한 경제적인 관점에서 볼 때 훨씬 고부가 가치를 창출하는 분야가 있다. 그것은 마치 우리 몸의 수많은 구성품들 중에 아무래도 손가락이나 발가락보다는 심장이나 뇌가 더 중요하게 여겨지는 것과 같다. 그렇다고 해서 그 누구도 손가락과 발가락이 심장과 뇌보다 천한 것이라고 생각하지는 않는다. 직업도 마찬가지일 것이다. 직업에 따라 역할의 중요도에 어느 정도 차등을 둘 수밖에 없는 불가피성이 있다. 그러나 정신적 화이트칼라는 귀하고 육체적 블루칼라는 천하다는 식의 대립 구도를 만들어 인식하는 것은 반드시 사라져야만 하는 낡은 유습이다.

우리는 '직업에 귀천이 없다.'라는 말을 아름다운 세상을 일구기 위한 일종의 격언처럼 받들도록 배운다. 그리고 마땅히 그렇게 생각할 줄 아는 따뜻한 마음씨를 전수받는다. 그러나 안타깝게도 '귀천의 추방'이 제대로 이뤄지지 않았기 때문에 여전히 반복적으로 강조되며 구전되고 있는 것이다. 나는 '직업에 귀천이 없다.'라는 말과 그런 생각조차 사라져 무심으로 대할 수 있게 되는 이상향을 꿈꾸는 사람으로서 그 첫걸음으로 '친절 거두기'를 내세운다.

흡사 좋게 보이는 것 같다고 해서 언제나 예외 없이 좋은 것은 아니다. 완전한 선 혹은 완전한 악이라고 하는 것은 없는 것처럼 말이다. 친절은 어떠한 흠도 없이 좋은 것으로만 여겨져 사용처에 관계없이 적극 권장되고 있지만 사실은 그렇지가 않다. 바로 특정 직업인을 대할 때 행하는 과도한 친절이 그렇다. 그것은 여타 친절의 행위가 보통 선으로 평가되는 것과 동일 선상에 놓을 수 없다. 왜냐하면 그 행위의 목적이 결국 동정과 자기만족으로 귀결되는 것을 본질로 두고 있기 때문이다. 그것은 문을 열고 들어갈 때 뒤따라 들어오는 사람을 생각해서 문을 잡아주며 힐끗 뒤돌아봐 주는 종류의 친절과는 다른 것이다.

정말로 '직업에 귀천이 없다.'라는 인식이 의식 깊숙한 곳에 고스란히 내장되어 있다면, 예를 들어 배달원, 환경미화원, 인부와 같은(낮거나 천하거나 부끄러운 일이 결코 아니지만 사람들의 의식, 무의식 속에서 은연중에 안쓰럽다고 여기는) 직업인들을 마주했을 때 과도한 친절을 연출하지 않는 것이 자연스럽다. 그러한 과도한 친절의 기저에는 그들을 향한 동정심과 선량한 자신을 향한 우월감이 깔려 있고, 3D 업종에 종사하고 있는 게 자신이 아닌 것에 대한 묘한 안도감까지 교묘하게 섞여 있는 것이다.

그게 어떤 직업이든지 간에 각자 자기의 세상에서 열심히 제 몫을 해내며 사는 삶을 그대로 인식하고 인정한다면 똑같이 대하면 되는 것이다. 그들이 우리의 음식이나 물건을 배달해 준다고 해서, 우리의 거리와 화장실을 청소해 준다고 해서, 우리의 건물과 도로를 공사해 준다고 해서 유독 감사하게 생각할 필요는 없다. 우리의 삶 곳곳에 재화와 기술과 편의를 제공해 주는 수많은 여타 부문의 또 다른 직업인들에게 과연 우리는 동등한 의식을 가지고 있는가 하면 그건 또 아니다. 결국 그들은 사무실에 근엄하게 앉아서 국가 경제를 견인하는데 일조하고 있는 대기업의 CEO와 마찬가지로 자신이 할 수 있는 일을 자신의 사명으로 받아들이고 자신과 가족을 위해

(나아가 필연적으로 국가를 위해) 밥벌이를 하고 있는 것일 뿐이다. 우리가 언제 지나가면서 마주치는, 나와는 상관없다고 생각하는 기업의 중역이나 산업 종사자를 향해 그토록 친절해 본 적이 있었던가?

다시 한번 사회의 유기체적 관점에서, 모두가 다 필요하고 소중하고 떳떳하고 아름답고 훌륭한 역할이자 직업이자 존재이자 삶이다. 그러므로 소위 머리를 쓰면서 일한다고 해서 고상한 척할 필요도 없고, 몸을 쓰면서 일한다고 해서 위축될 필요도 없다. 연봉이 높다고 해서 반드시 중책을 맡고 있다고 생각할 필요도 없고, 연봉이 낮다고 해서 반드시 한직을 맡고 있다고 생각할 필요도 없다. 무엇보다도 직업관을 교육하는 데 있어서 '열심히 공부하지 않으면 추울 때 추운 데서 일하고 더울 때 더운 데서 일하게 된다.'라는 상스러운 말로 그것이 마치 안 좋은 결과를 초래하여 실패하게 된 것으로 가르치고 선도해서는 안 된다. 그야말로 그릇된 선민의식과 완장 문화를 조장하는 것이다. 그리고 한술 더 떠 '저분들이 저렇게 열악한 환경에서 힘들게 일해 주시니까 우리가 이렇게 편하게 지낼 수 있는 거야.'라는 가르침 역시 불필요하고 가증스러운 것이다. 그렇게 특정 직업인들을 향한 유난스러운 온정의 손길이나 감사의 시선은 결국 변질된 동정심만을 배양하게 되는 꼴이다. 정

감사하고 싶은 마음을 견딜 수가 없다면 모든 직업인들을 향해 동등한 사의를 표하라.

특정 직업인들을 향해 멸시의 눈초리를 보내는 사람들이야 두말할 것 없이 잘못된 것이다. 반대로 무턱대고 호의를 베풀며 고개를 숙이는 사람들도 마냥 바람직한 것은 아니다. 멸시도 사라져야 하고 동정도 사라져야 한다. 직업의 귀천을 뚜렷하게 인식하고 있는 사고의 민낯은 동정심을 발현하고 친절을 발휘하여 자신의 인격적 지위를 공고히 다진다. 내가 진정으로 바라는 직업에 관한 유토피아적 인식의 기초는 과도한 친절 거두기에서부터 시작된다고 믿는다.

X

쾌락의 슬픔, 슬픔의 쾌락

'내일만 사는 놈은 오늘만 사는 놈한테 죽는다.'라는 영화 대사가 있었다. 나야말로 그렇게 오늘만 알고 오늘만 보고 달려들었는데 어찌 된 영문인지 한 번을 이기지 못하고 살아왔다. 그런데 가만히 생각해 보니 오늘만 산다는 게 꼭 술에 취하고 사랑에 미쳐 있을 때만 가동되어, 우리에게 내일은 없고 오늘뿐이라며 죽자 사자 덤비고 고함치던 그런 의미에서였다.

뭐, 괜찮다. 쾌락의 끝에는 언제나 가슴에 사무치는 허무가 있었고 또다시 그리움이 있었다. 역시 그래서 좋았다. 고통, 후회, 배반, 이별, 낙심, 고난, 상실, 위기, 좌절, 실의, 갈등, 실패, 난관, 시련, 회한, 부조화, 역설……. 나는 이런 슬픈 이름들을 좋아한다. 가슴에 아름다운 비수를 꽂는 진짜 예술의 정수는 '그리하여 그 둘은 오래오래 행복하게 잘 살았답니다'에 있는 것이 아니기 때문이다. 그래서 나는 엇갈리고 놓치고 잃어버리고 어긋나고 비틀어지고 잘못되고 꼬이고 무너지고 깨어지고 부서지고 망가지고 어그러지고 그르치고 멀어지고 떨어지고 떠나고 끝나고 사라지기를 바랐다.

쾌락을 간이역 삼아 잠시 기착한다. 그리 오래 걸리지 않아 어느덧 광란과 축제의 종착역, 맥빠진 연기와 환영만이 드문드문 배회하고 있는 소슬한 끝에 홀로 남겨진다. 그리고 오직 그곳에서만 맛볼 수 있는 삶의 달콤 씁쓸한 이물감을 온몸으로 느낀다. 걸리적거리지만 삼키고 싶지 않은 그 어떤 이상한 슬픔을.

╳

원 플러스 원

나이가 들면서 시력이 감퇴했는지 최근 들어 눈이 좀 침침해진 게 느껴졌다. 그래서 시력 검사를 하기 위해 안과를 찾았다.

한쪽 눈을 차안기로 가리고 시력 검사표를 집중해서 바라봤다. 의사의 지시봉이 가리키는 위치를 따라 눈길을 이동하여 보이는 것들을 더듬더듬 말했다. 초반 윗부분에 있는 것들은 무난하게 통과했다. 그런데 지시봉이 아랫부분으로 내려 갈수록 숫자인지 모양인지 전혀 분간이 되지 않았다. 그냥저냥 엇비슷한 하나의 점으로 뭉그러져 보였다. 나는 점점 기어드는 목소리로 어물거렸다. 지시봉이 의무적인 몸짓으로 내려가더니 맨 아랫부분을 훑듯이 쓱 가리켰다.

당연히 보이는 게 있을 리가 없다고 생각하던 그때 갑자기 샐로 포커스가 되면서 하나만 유독 선명하게 보이기 시작했다. 흐릿하게 번져 보이는 것들을 비집고 나와 홀로 꼿꼿한 형상으로 군림했다. 도무지 이 상황이 이해가 가지 않아 그만 벙벙해졌다. 그러면서도 귀신에 홀린 듯 그 형상을 향해 강한 이끌림을 느꼈다. 의사가 지시봉을 거두기 전에 서둘러 의기에 찬 목소리로 말했다.

"원 플러스 원이요!"

언젠가부터 별로 노력을 들이지 않아도 '1+1'이 레이더에 금세 잡혀 기어코 시야에 들어온다. 수학은 실로 경이롭고 아름다운 학문이라는 것을 어렴풋이 알고 있었지만 이토록 단순한 덧셈에서 환희를 느끼다니 새삼 새롭다. 당연한 줄 알았던 '1+1=2'라는 수식이 '1=2'라는 수식으로 변한 것만 같은 착각을 불러일으킨다. 하나가 갑자기 둘이 되고 둘이 갑자기 넷이 되니 마치 세포 증식의 쾌감처럼 마음이 확 동하지 않을 수 없다. 게다가 쾌감을 누릴 수 있는 시간은 한정적이어서 더욱 쾌감이 아닐 수 없다. 행사 기간의 종료가 임박해질수록 마음이 급해져 그냥 모른 척하고 속아 넘어가기로 한다. 결국 '1=2'라는 강렬한 믿음을 가지고 '1+1'을 집어 든다.

계획에 없던 지출이어도 이득을 본 것 같은 알뜰한 기분으로 격양될 수 있는. 적이 없이도 전략을 세우고 자기 자신과 공방을 펼칠 수 있는. 합리화 기술을 연마할 수 있는. 같은 가격으로 한 개 밖에 살 수 없는 물건보다 품질 면에서도 결코 뒤지지 않는다며 평가 기준의 유연한 베리에이션도 발휘할 수 있는. 단점은 흐리게 뒤로 감추고 장점만을 앞으로 밀고 내세워 소비 풍경을 예쁘고 현명하게 샐로 포커스 할 줄 아는. 심지어 시력까지 좋게 만들어 버리는 재정적 부자유는 '1+1'과의 소비 심리전에서 수학적 망상과 심리 조작을 통해 아기자기한 잔재미를 제공한다. 정말이지 가난은 다양한 계산과 해석을 통한 사고력 증진뿐만 아니라 기발한 창의성을 통해 삶을 풍성하게 만들어 주기까지 하는 훌륭한 오브제이다.

X

꽃 앞에서 담배를 피우다

나는 아무리 꽃이 예뻐도 감히 꺾을 엄두가 나지 않는다. 나에게 꽃이 지니는 존재 의미란 먼 곳에 있는 내 오랜 사랑을 마땅히 그곳에 두고 그리워하는 것과 같다. 그저 멀리서 가만히 바라보는 것만으로도 나의 사명을 충분히 다한 것으로 여겨지기 때문이다. 잊히지 않는 아름다움이란 기억 속에 있어서 가장 아름답다.

나는 꽃이 지고 초라한 모습으로 땅에 널브러져 있어도 감히 밟을 엄두가 나지 않는다. 자연적으로는 생을 다하여 세상으로부터 떨어져 나간 것일지 몰라도 내가 느끼는 꽃의 생멸이란 단순히 물리적 위치에 있는 것이 아니라 마음속에 있는 것이기 때문이다. 꽃은 어디에 있어도 꽃이고 어디에 없어도 꽃이다.

그리고 오늘처럼 무심코 담배에 불을 붙이고 고개를 들어 연기를 내뿜는 순간 가까이에서 꽃을 마주하면, 움찔 놀라 굽신하며 얼른 뒤로 몇 걸음 물러나게 된다. 물론 꽃 앞에서 새삼스레 유난을 떠는 것인지도 모른다. 긴 세월 흡연자로 살아오면서 나도 모르는 사이 타인들에게 피해를 끼친 적이 많았을 줄로 알기 때문이다. 그러나 역시 꽃을 향한 담배 연기는 같은 상황에서 어린아이를 맞닥뜨리듯 보다 확실한 죄로 느껴진다. 각성하고 후퇴하고 염려하게 한다.

나에게 꽃은 어린아이와 같은 존재이다. 그토록 신비스럽고 고된 여정을 거쳐 마침내 생의 목적지인 이 세상에 고개를 갓 내밀었다. 한없이 연약하고도 완벽한 존재들을 보고 있으면 졸지에 존재에 대하여 묻게 된다. 오로지 '아이고, 이쁜 것들! 그대로 이쁘게만 있어다오.'라고 몇 번이고 말해 주고 싶은 심정이다. 저 기특하고 눈물겨운 존재들 곁을 어슬렁대는 나의 이 불경스러운 담배 연기가 실로 가당키나 한 것인가. 부디 꽃과 어린아이들이 흐뭇한 마음으로 눈에 담았던 그 순간 속에서 영원토록 잊히지 않는 천진한 아름다움으로 남아 있으면 좋겠다. 내 마음에, 무엇보다도 그것들 마음에.

X

고급 외제차의 음주 운전

<...만취한 채 자신의 벤츠 차량을 몰다가... 당시 A 씨의 혈중 알코올 농도는 0.123%로 면허 취소 수준...>

내가 만약 학자라면 해 보고 싶은 사회 심리학 실험이 있다. 도롯가에 서 있는 피험자 앞에 굉음을 내면서 과속하는 자동차를 지나가게 한다. 한 번은 고급 외제차를 지나가게 하고, 또 한 번은 국산 경차를 지나가게 한다. 당연히 속력과 데시벨은 같은 조건이다. 과연 피험자는 둘 중 어느 경우에 더 큰 짜증을 느낀 것으로 판단하게 될까. 그리고 어느 자동차를 더 뚜렷한 잔상으로 기억하게 될까. 나는 피험자들이 대체로 고급 외제차의 폭주에 더 큰 짜증을 느끼고, 고급 외제차의 차종을 더 선명하게 기억할 것이라고 예측한다.

자신의 마티즈 차량을 몰다가 음주 운전 사고를 냈다고 하는 기사는 단 한 번도 본 적이 없다. 사실 경차까지 갈 것도 없다. 소형이든 중형이든 대형이든 간에 국산차의 차종이 친절하게 적힌 기사는 별로 본 적이 없다. 거의 대부분은 고급 외제차의 차종만 기어코 갖다 붙인 기사들뿐이다. 중요한 것은 음주 운전을 했다는 사실인데 왜 항상 그 옆에 고급 외제차의 차종만 끼워 넣어 짝을 이루게 하는 것인지 모르겠다. 교묘한 장치들로 논점을 흐리면서 프레임을 씌우는 것만큼 치졸한 게 없는데 말이다. 그러한 불공정한 페어링을 일삼아 거듭 노출시키다 보면, 소위 가진 자들을 향한 부정적 인식이 은연중에 심화되는 것이다. 대관절, 고급 외제차의 음주 운전은 그렇지 않은 차의 음주 운전보다 더 나쁜 것인가?

부는 악한 것이고 빈은 선한 것이라는 이상한 이분법적 기조를 바탕으로 가진 자들을 자꾸만 악의 축으로 몰아세워 확실하게 악으로 고착시키려고 한다. 도대체 왜 그렇게 가진 자들을 못 잡아먹어서 안달인지 알 수가 없다. 아마도 본인이 가지지 못했으니 그래너도 한번 죽어 봐라 하고 덤비는 고약한 심보일 것이다.

혹시 앞으로 음주 운전을 할 계획이 있는 사람들은 웬만하면 착하고 저렴한 국산차를 끌고 다닐 것을 권장한다. 세상은 가진 자들의 비위와 탈선에 훨씬 더 관심이 많고, 언제 사건이 터지는지 지켜보겠다는 심정으로 눈을 부릅뜨고 잔뜩 벼르고 있으니까.

X

죽음 I

죽음을 너무 두려워하지 말자. 어젯밤에도 나는 내가 어떻게 잠들었는지 몰랐다. 콘센트에서 플러그를 뽑듯 의식이 소실되는 순간 나에게 무슨 일이 벌어졌는지 전혀 몰랐다. 그리고 오늘 아침이 되었을 때, 다시 눈을 떠 깨어났고 의식을 되찾았다. 어떤 의식도 어떤 기억도 어떤 꿈조차도 없었다. 아무것도 없었고, 아무것도 없었다는 것을 의식할 수 없었다. 아니, 의식의 대상인 '아무것'이라는 것 자체가 없었다. 그것은 사실상 죽음과 다름없었다. 이렇게 매일 한 번씩은 사후를 체험했던 것이다. 더 정확히 말하면 나는 밤새 죽어 있었으나 '죽어 있던 나'에 대한 의식이 전혀 없었으므로 체험도 존재하지 않았다. 고로 나여, 죽음을 너무 두려워하지 말자. 죽은 나에게는 존재하지 않는 죽음을 두려워하지 말자.

×

눈물 나는 음악

나는 도전과 모험에 있어서는 그야말로 젬병이다. 세상 속으로 나아가기 위해 태연한 척 굳센 마음으로 쪽팔림을 감수하면서 무모한 도전과 스펙터클한 모험을 펼쳐 본 적이 없다. 그런 주제에 무슨 수를 써서라도 고지를 점령하기 위해 필요 이상으로 나대고 발악하는 자들을 관망하면서 '굳이 저렇게까지 해야 돼?'라고 생각하기도 했다. 경멸에 찬 눈빛으로 냉소를 머금고는 선을 그었다.

어느덧 제법 나이를 먹었다. 이제는 나이라는 것이 마일리지처럼 세월만 결제했다고 해서 가만히 있는 자에게 어떤 혜택을 가져다주지 않는다는 것을 잘 알고 있다. 삶에서 도전을 누락시키고 살아온 나는 제자리에 정체되어 퀭한 눈으로 멍하니 끔뻑거리고 있다.

돌이켜 보면 나는 두려움에 잠식되어 망가지기를 꺼렸고 몸을 사리기 바빴다. 도전 후에 겪을 창피와 망신이 너무나 두려운 나머지 도전하지 않았다는 사실을 명분 삼아 안주했던 것이다. 나는 그저 나의 능력을 제대로 발휘한 적이 없었을 뿐이라면서. 시도하지 않고 기다리듯 맞이하는 실패는 이토록 사람을 뻔뻔하게 만드는 것이다.

그러나 나의 눈물은 이미 알고 있었다. 인간을 가장 위대하고 아름다운 존재로 만드는 것은 사랑하는 마음과 도전하는 정신에 있다는 것을. 이른바 '창백한 푸른 점'에 살고 있는 인간이란, 한낱 찰나를 거니는 먼지 같은 존재로서 자기와 세계에 대한 겸허한 자각과 성찰을 요한다는 우주적 담론에도 굳이 반격하고 싶었음을. 그 작디작은 인간이 사랑하고 도전하는 거룩한 행보를 통해 이룩해 낸 것들은 이미 하나의 우주 그 자체가 된 것이라고 믿는다는 것을. 아니! 불요불굴의 인간 정신은 우주보다 절대로 작지 않아!

Bill Conti 〈Gonna Fly Now〉, Koreana 〈손에 손잡고〉, 넥스트 〈해에게서 소년에게〉, CHAGE & ASKA 〈On Your Mark〉, 신승훈 〈전설 속의 누군가처럼〉, Mado King Granzort OST 〈大復活！光の三魔動王〉, T-Square 〈Victory〉, 권성연 〈피구왕 통키〉…….

이런 음악들을 듣다가 느닷없이 그렁그렁 고이는 눈물은 나에게 그 이유를 말해 주었다. 나 스스로를 외면하고 부인하면서 살아온 끝에 이제는 꺼질락 말락 하는 잔불을 애처롭게 응시하는 중년이 되었지만, 아직도 저 깊은 가슴속 어딘가에는 어떤 꿈과 생에의 의지를 담은 열망이 뜨겁게 남아 꿈틀거리고 있는 거라고. **나를 울렸던 음악들의 속성은 바로 분발심이었다.**

나빌레라

잔디밭을 거닐고 있는데 흰나비 한 마리가 나에게 바짝 날아든다. 작고 가벼운 나비는 내 몸에 잠시 부딪더니 곧바로 아무 일 없었다는 듯 새 항로를 찾아 날아간다. 나같이 거대한 덩어리와 충돌해도 부드럽게 스칠 뿐 추락하지 않는다. 그리고 맞서 싸우지도 않는다.

부럽다. 나도 어떤 것에 부딪쳐도 흔들리지 않고 싶다. 부딪치고 튕겨 갑자기 낯선 곳으로 내던져져도 새 불안으로 알고 싶지 않다. 처음부터 세계는 다르지 않은 하나로 이어져 있다는 것을 잊고 싶지 않다.

담백하고 사뿐한 나비처럼 드높은 자유를 휘저으며 다니고 싶다. 모든 희망으로부터의 자유를 거느리고 있는 나비는 가볍게 전부를 가졌다. 그러나 잔존하는 희망에 묶인 나의 육체는 거추장스러운 짐이 되었다.

육체가 있어서 존재하지만 육체 때문에 실존이 위태로워진다. 내 정신의 놀이터인 육체는 꼭두각시처럼 흐느적거린다. 욕망은 불안을 낳고 불안은 또다시 욕망을 낳는다. 세계의 끝으로 밀려나 시퍼렇게 겁먹은 삶을 가까스로 붙든다. 추락하지 못하는 것은 슬프고 나약하고 불완전하다.

그날은 언제 오는가. 삶의 잔여물-희망, 열정, 슬픔, 분노, 기대, 욕망 같은 것들-로부터 확실하게 벗어나 자유의 몸이 되는 그날은. 한없이 깨끗하고 사소한 정신의 날갯짓으로 육체를 누비는 그날은.

X

라스베이거스를 떠나며

담뱃갑에 경고 그림 부착이 시행되던 무렵이었다. 담뱃값 인상, 무분별한 금연 구역의 확대에 이어 담뱃갑에 경고 그림까지 다각도로 흡연자를 옥죄었다. 이래저래 흡연자들은 불특정 다수의 비흡연자들로부터 비난의 대상이 되고 죄인 취급까지 받으며 점점 설 곳을 잃어 가는 형국이었다.

그러한 와중에 그녀는, 그러니까 너도 이제 그만 끊어 보는 게 어떠냐고 나를 다그치지 않았다. 오히려 담배를 꺼낼 때마다 끔찍한 그림을 마주하는 나를 위해 담뱃갑 겉면을 감싸는 예쁜 케이스를 선물해 주었다. 아, 나는 감격해서 하마터면 울 뻔했다.

술도 마찬가지였다. 나를 만나기 전의 그녀는 술을 마시지 않았고 술자리도 가지지 않았다. 말하자면 술에 덤비면서 살아온 나와는 대척점에 있는 사람이었다. 그러므로 상습적 음주자에 대한 몰이해와 혐오를 응당 품을 수도 있었다. 그러나 그녀는 나에게 금주할 것을 요구하지 않았다. 오히려 나의 가장 친밀한 술벗이 돼 주었다.

사실 그녀는 소주를 한두 잔만 마셔도 몸이 벌겋게 달아오르는 체질이었다. 그런데 나와 함께 술자리의 역사를 켜켜이 쌓아 가면서 어느덧 소주 반 병에서 한 병까지 마시는 용사로 거듭났다. 그리고 나의 폭음을 막기 위해 충실한 페이스메이커의 역할을 자처하기도 했다. 홍조를 띠며 취해 가면서도 열심인 그 모습은 영락없이 사랑스러운 것이었다. 심지어 가끔은 자기 혼자 집에서 맛있는 음식과 캔맥주를 곁들이고 있는 상차림 사진을 상부에 보고하듯 보내기도 했다. 이처럼 능동적인 음주자로 성장한 그녀의 귀여운 모습은 보기에 참 흐뭇하기 그지없었다.

라스베이거스를 떠나온 지 꽤 오래되었다. 파멸로 가는 길을 위압적으로 막아서고 부정하는 게 아니라 아름다운 그대로의 사랑으로 인정하고 다독이던 그녀를 만났던 건 내 인생에 다시 없을 행운이었다. 사랑하는 이와 모의하여 다시 한번 나쁜 낭만과 파기될 환상에 취해 볼 수 있는 날들이 또 올는지 모르겠다. 물론 술과 담배는 좋은 것이지만.

X

클리셰

왜 하필 그때 대책도 없이 그곳에 내려앉아 평생 지워지지 않을 자국이 된 거니! 피식하고 웃음이 났다. 주차 구역을 지정하는 아스팔트 위 흰색 실선에 단풍잎 형상이 고스란히 찍혀 있었다. 페인트가 채 마르기도 전에 맹랑하게 들어앉았던 모양이다. 선명하게 박힌 그 자국을 보다가 나는 그만 그를 떠올리고 말았다.

철학 용어 중에 '타불라 라사(tabula rasa)'라는 게 있다. 라틴어로 '깨끗한 석판'이라는 뜻으로, 일체의 경험 이전의 인간의 정신 상태를 일컫는 말이다. 즉 태어날 때 인간의 본성은 마치 백지와 같은 상태이지만, 이후 외부 세계의 각종 지각과 경험을 통해 차츰 마음과 지성이 형성된다는 주장을 담은 개념이다.

열아홉 살 때의 어느 순간이 기억났다. 분명 나는 태어나서부터 그때까지 수많은 경험과 자극을 받고 살아왔을 것이다. 그러나 나는 종종 진정한 내 인생의 기점을 열아홉 살 때로 선언하곤 했다. 확신에 찬 말투로 열아홉 살 이전의 삶과 이후의 삶을 분명하게 나누었다. 이전의 삶에서 경험했던 모든 감각들을 도외시하고 백지상태로 치부할 만큼 매우 결정적 순간이었던 것이다. 그때 그를 만나게 된 것은 엄청나게 거대한 지각 변동이었고, 새로운 세계로의 개안이었다. 나를 완전히 탈바꿈시킨 폭풍이자 현기증이었다.

사춘기를 지나 소년기의 후반이 되어 성숙해지면 자아와 가치관에 대한 인식이 뚜렷해지기 시작한다. 유소년기 때의 양상과는 달리 보다 실전과 같은 본격적이고 새하얀 실선 하나가 칠해져 바탕으로 마련된다. 이제는 지울 수 없고 다시 칠할 수도 없이 신중하게 준비된 바탕 위에 무엇과 어떻게 접촉하느냐에 따라 삶은 제각각 다른 형상으로 흘러가게 된다. 처음인 듯 순결로 지새우던 밤, 말랑말랑하고 촉촉한 감각에 나를 뒤흔드는 것이 닿으면 금세 이견 없이 자국으로 남던 시절. 그 위태로운 스침은 마치 초야를 치르기 전 남녀의 흔들림처럼 민감한 모든 가능성이었다.

윤상의 [Cliche] 앨범이었다. 채 마르지 않은 내 가슴에 저 단풍잎처럼 하필 그때 고이 내려와 깊숙이 박혔다. 아무리 좋은 음악을 듣고 또 듣는다고 하더라도 결코 재현될 수 없는 불꽃같았던 그 순간이 너무도 그립고 부럽다. 새삼 예민한 몸가짐과 마음가짐으로 세상의 모든 감각을 탐하고 허락할 준비가 되어 있었던 그때가 참 좋았다. 수많은 것들이 오고 가면서 스치기도 하여 제 딴에는 흐릿한 자국이 되기도 했다. 그러나 그것들은 그저 무수한 틈새에 불과했다. 오직 '윤상'이라는 두 글자만이 가장 온전한 모양이 되어 영원히 지워지지 않을 자국으로 남았다.

그 후로도 많은 것들을 체득했고 나는 분명 더 자랐다. 일견 어느 정도의 심미안을 갖춘 것처럼 보이기도 한다. 그러나 열아홉 살 이전으로 되돌아갈 수만 있다면 지금껏 힘들여 갖춘 심미안을 모두 반납하고 싶은 마음뿐이다. 그리고 다시금 느끼고 싶다. 새로이 칠한 무구한 내 마음에 사락사락 나부끼듯, 그러나 어느 순간 정교하고 신속하게 내려앉던, 윤상의 클리셰 앨범과 최초로 교접하던 그 기막힌 순간을!

죽을 용기로 사세요

마포대교 위. 난간에 검은색 유성매직으로 큼지막하게 적힌 글씨.

'죽을 용기로 사세요'

자살을 두고 하는 말 중에 우매한 사람들이 지껄이는 가장 멍청한 두 가지 말.

죽을 용기로 살지 왜.

이런 나도(누구도) 사는데 왜.

즉, 자살의 재료가 병증으로 인한 촉발이 아닌 용기를 통한 도전인 줄 아는 것과 고통의 경중을 절대적인 수치화로 모든 사람들에게 공통적으로 적용시키는 것.

X

경험의 권력

남들이 다 해 본 것들은 자기도 꼭 해 봐야 하고, 남들이 못 해 본 것들은 자기만 꼭 해 봐야 하므로 그네들의 인생은 참 바쁘다. 그러나 경험의 권력을 거머쥐는 것에 별로 흥미가 없는 나의 인생은 다채롭지는 않지만 더없이 느긋하다. 남들이 다 해 본 것들을 하지 않아도 뒤처지는 기분이 들지 않고, 남들이 못 해 본 것들을 해 봤어도 앞지르는 기분이 들지 않는다. 이처럼 자기 자신을 기준하여 표준시로 살아가면 타인들이 살고 있는 위치와 시간과 계절, 그리고 경험을 두고 벌어지는 경합에 웬만큼 무심할 수 있다. 물론 이러한 태도가 반드시 맞다거나 낫다는 것은 아니고 그냥 내가 그렇다는 것이다. 무릇 경험이란 좋은 것이다.

ㄨ

미성년자는 건드리는 게 아니다

어쩐 일인지 풍경이 꽤 어수선해 보였다. 고등학생으로 보이는 애들 네댓이 편의점 입구 쪽에 모여 사춘기 소년 특유의 변성기 목소리를 깔기며 깐죽대고 있었다. 그들은 편의점 내부를 기웃거리며 뭔가 재밌다는 듯 연신 깔깔거렸다. 나는 편의점 파라솔에서 술을 마시면서 가만히 그 모습을 보고 있었다. 그러나 이어폰으로 인해 인지력이 떨어져 있었던 터라 어수선한 풍경의 내막까지는 조립할 수 없었다. 나는 그만 신경을 끄고 다시 술과 음악에 몰두했다.

그런데 잠시 후 그 풍경에 경찰 두 명이 더해졌다. 남경과 여경이었다. 산란하던 무리들이 다소나마 잠잠해지더니 남경 앞에 일렬 횡대로 집결했다. 그들은 한껏 껄렁거리면서 여전히 키득키득 즐거워했다. 그들에게는 훈계를 받는 자라면 응당 갖춰야 할 최소한의 표정 관리 따위는 안중에도 없었다. 불순한 그들과는 달리 남경은 몹시 희끄무레하고 유순해 보였다. 그는 전혀 압도하지 못했고 오히려 진땀을 흘리며 절절매고 있었다.

이제 나는 어수선한 풍경을 조립해야겠다는 마음이 불쑥 치솟았다. 귀에서 이어폰을 뽑으면서 자리에서 일어났다. 남경과 그들을 지나쳐 편의점 안으로 들어갔다. 편의점 직원에게 상황의 대강만을 물어보기 위해서였다. 예상했던 대로 담배 구매와 관련된 문제였다.

사실 나는 미성년자가 술을 마신다거나 담배를 피운다는 행실만으로 무조건 나쁜 인성으로 판단되고 싹수가 노란 것으로 취급되는 것은 비약이라고 생각한다. 물론 위조 신분증으로 교묘하게 구매한 것이 적발되었을 때, 판매한 업주만 영업 정지 처분의 법적 책임을 지고 막대한 손실을 입을 수 있다. 그러므로 단순히 개인의 일탈로 가볍게만 볼 수 있는 사안은 아닐 것이다. 그래도 나에게는 '그래, 뭐 오죽 마시고 싶고 피우고 싶으면 그랬겠니.' 혹은 '허허, 한창 호기심 많은 애들이 뭐 그럴 수도 있지.'와 같은 관조적인 측은의 마음이 더 앞선다. 이렇듯 나는 정작 담배를 구매하려다가 덜미를 잡힌 그들의 본 사건에 대해서는 얼마든지 웃어넘길 수 있었다. 그런데 애석하게도 그들은 넘지 말아야 할 선을 넘어 버렸다. 나의 마음은 '달콤한 인생'의 김영철이 되었다.

감히 공권력을 향해 비아냥거리고 조롱하고 개겼다는 점. 그것은 국가의 기본 질서에 대한 도전이자 모독이었다. 도저히 용납할 수 없었다. 지금껏 매스컴을 통해 숱하게 접할 때마다 소중하게 다지고 저며 차곡차곡 쌓아 온 소년범들에 대한 분노가 실체로 촉발되기 시작했다. 희끄무레하고 유순한 공권력이 맥을 못 추는 모습을 목도하고 있자니 일순에 가슴이 뻐근해졌다. 나의 마음은 '아는 형님'의 채령이 되었다.

'웃어?'

나는 남경과 무리들을 향해 성큼성큼 다가갔다. 그중 아까부터 제일 주도적으로 깝죽거리던 놈의 얼굴에 머리를 바짝 들이밀었다. 그러면서 놈의 정강이 쪽을 한대 확 걷어차 버렸다. 동시에 낮은 목소리로 위협적으로 말했다.

"깝치지 마 이 새끼야."

"뭐 이 씨발 새끼야!!!"

의외로 그놈은 고분고분 수그러들지 않았다. 오히려 순식간에 찌를 듯이 광기 서린 모습으로 돌변했다. 곧바로 나를 향해 달려드는 것을 남경이 겨우겨우 막아섰다. 나도 눈깔이 뒤집혀서 그놈을 반쯤 죽여 놓기 위해 총공세를 펼쳤다든지 아니면 깜짝 놀라 뒷걸음치면서 몸을 사렸다든지 하면 둘 다 아니었다.

갑자기 세상이 어두워졌고 내 머리 위에만 스포트라이트가 켜졌다. 나는 그만 말을 잃었고 제자리에 미동도 없이 서 있었다. 불현듯 이별을 통보받고 창백한 거리에서 미아가 된 듯 허탈한 표정으로 그놈의 발악과 활개춤을 응시했다. 선 공격이 무색할 정도로 전의를 상실한 나는 무언극에 오른 배우가 되어 어둠 속에서 우두커니 여명의 눈동자를 지었다.

슬펐다. 나름 묵직한 듯 날카롭게 꺼낸 맹기와 위용이었기에 쉬이 제압될 줄 알았는데 전혀 씨알도 먹히지 않았다. 악당을 싹 물리친 후 호기롭고 양양한 얼굴로 퇴장하는 슈퍼히어로가 되고 싶었다. 어떤 의미라도 찾고 싶은 건조한 삶 속에서 무용담 하나쯤 건져 올리고 싶었다. 그러나 시나리오대로 연기하지 않는 신인 배우 때문에 차질이 생겨 촬영이 중단되었다. 권선징악의 통쾌한 결말을 기대하기에는 나에게 마동석으로서의 자질이 턱없이 부족했다.

"네 자식새끼 다 찢어 죽여 줄게."

이야, 자식새끼라니! 슬펐다. 나는 어느덧 누군가에게 기필코 자식 하나쯤은 딸린 애 아빠로 보이는 사람이 돼 버린 것이었다. 무례하게 흘러간 세월이 새삼 밉고 또 미웠다.

그놈은 여전히 고래고래 악을 쓰면서 무대를 넓게 넓게 쓰고 있었다. 어떻게든 남경의 저지선을 뚫기 위해 이리저리 날뛰었다. 심지어 남경의 몸을 거침없이 밀치기도 하면서 나를 향한 공격 태세를 강화했다. 남경은 그놈을 말리기 위해 안간힘을 쏟았다.

미안했다. 미안해서 슬펐다. 나는 그저 수세에 몰리고 있던 남경의 든든한 시민 군이 되어 신속한 사건 처리를 돕고 싶었다. 아이러니하게도 경찰이라서 마음대로 진압하지 못하는 상황을 술 한잔 걸친 동네 아저씨의 거친 참견으로써 말끔히 봉합해 주고 싶었다. 그러나 나의 어설픈 참견은 도리어 일만 더 크게 벌였다. 괜스레 그를 더 힘들게 만들었다.

허망한 무언극으로 임하던 나의 모습에 그놈도 서서히 가라앉기 시작했다. 잠깐의 틈을 타 남경은 숨을 돌리며 나에게 다가왔다.

"그만 들어가세요……."

그는 지친 기색의 마른 얼굴을 손으로 쓱 훑으면서 나지막이 말했다. 순간 나는 그의 눈빛에 담겨 있는 마음을 읽을 수 있었다. 그것은 단지 원망의 눈초리는 아니었다. 최초의 시나리오에서 내가 맡았던 배역의 의도가 결코 성가신 불청객은 아니었음을 다 알고 있다는 듯한 그 어떤 그윽한.

"저 혹시 지금 저 학생과 무슨 관계세요? 지금 저 학생이 폭행죄로 고발할 수도 있거든요. 선생님, 신분증이랑 연락처 좀 주시겠어요?"

오랜만에 만나는 여경은 신분증을 확인하고 수첩에 연락처를 적어 갔다. 그리고 나는 마지막으로 한 번 더 슬펐다. 그녀는 예뻤다.

그래도 인생을 제법 아는 어른들이 간직한 세월의 더께에는 신진 세력들의 요란한 혈기만으로 대적할 수 없는 무서운 고요 같은 것이 있다고 믿으며 살아왔다. 그러나 역시 진짜 무서운 것은 아직 인생을 모르는 애들이었다. 나는 앞으로 이 사실을 가슴 깊이 새겨 젊음을 상대로 한 슈퍼히어로물은 섣불리 크랭크 인 하지 않기로 다짐했다.

나의 무대는 보란 듯이 장쾌한 슈퍼히어로물로 야심 차게 시작했으나 슬픔만이 가득 찬 무언극으로 허무하게 끝이 났다. 나는 까맣게 긁힌 마음과 늘어진 발걸음으로 무대에서 쓸쓸히 퇴장했다. 그리고 소위 성적 접촉의 의미로 통용되는 오랜 격언 위에 오늘의 의미를 새로 포개며 사라져 갔다.

'미성년자는 건드리는 게 아니다.'

X

귀여운 것이 세상을 구한다

귀여운 것이 세상을 구한다는 말은 일견 과장되고 실없는 농담처럼 보이지만 확실히 일리가 있는 말이다.

생물에서든 무생물에서든, 사람에서든 물건에서든, 그 어디에서나 귀여운 것들은 존재감을 발산한다.

그렇게 세상에는 온갖 형태의 귀엽고 앙증맞은 것들이 산재하고 포진하여 각박한 무감각의 횡포와 침윤을 열심히 상쇄시키고 있다.

'어머, 귀여워라! 작고 소중해…….'

그것들을 보고 황홀하게 입을 틀어막고 오밀조밀한 마음을 당연하게 품을 줄 아는 사람이 많아질수록 세상은 정말로 구원되는 것인지도 모른다.

부러워하는 것이 부끄럽지 않은 것

입술을 앙다물고 고개를 홱 돌린다. 짐짓 태연한 체하며 아니라고 부인한다. 고고한 표정을 짓고 있지만 그는 지금 '부러우면 지는 거다'와 씨름하고 있다.

-나는 전혀 부럽지가 않아!

진짜 하나도 부럽지 않다면야 다행이다. 행복하게 살기를 바란다. 그러나 지지 않기 위해 애써 결의를 다지듯 부러움을 단속하는 모습은 어딘지 모르게 처량해 보인다. 그 이상한 다짐은 인지 부조화를 손쉽게 해결하기 위해 거치는 자기 기만과 정신 승리의 과정과 비슷하다.

부자가 유흥과 고급 취미에 돈을 흥청망청 쓰면서(그에게는 흥청망청이 아닐 수도 있다) 트로피를 수집하듯 이 여자 저 여자를 만나는 것을 보면 일단 심기가 불편해지는 것이다. 부러움이다. 부지불식간에 생겨난 부러움, 질투심, 열등감 따위의 감정들을 수습해야 한다. 그것들을 부정하고 은폐하기 위해 얼른 자기만의 새로운 가치 기준을 정립하여 스스로를 보호한다. 너절한 잡동사니 같은 그 감정들은 품위를 덧칠한 신주를 모시듯 고이 받들어 온 자존감에 상처를 낼 수 있기 때문이다.

세상에는 돈보다 더 중요한 가치가 있는 거야, 사치와 향락은 올바른 것이 아니야, 예쁘고 소박하고 선하고 정의로운, 흐뭇한 미소와 연민의 손길을 건넬 줄 아는, 보다 근본적인 행복의 알짬들을 차곡차곡 모으면서 하루하루 잘 살아가고 있어, 나만의 방식으로 나만의 개성을 담는 것이 중요해, 명품 브랜드보다는 풀꽃 반지의 감동이 더 몽글몽글해, 나의 이 아름답고 바른 인생이 삐끗거리지 않도록 소중한 것들을 야무지게 지키면서 사는 것이 맞는 거야, 식의 아기자기한 생각들을 내건다.

자신의 본심에 비추어 그게 온전한 진실이든 절반의 진실이든 간에 그러한 대처는 나쁘지 않다. 설혹 그것이 자기 위안일지라도 그의 삶에 안정을 되찾게 해주는 거라면 충분하다. 우리의 삶이란 각자가 처한 인지 부조화를 어떤 식으로든 해결하여 불안을 제거해 나가는 과정의 연속이기 때문이다.

그러나 최악은 자기의 선에서 달래고 다스려야 할 부러움, 질투심, 열등감 따위의 감정들을 갑자기 분노의 감정으로 치환하여 부러움의 대상을 향해 투척하는 것이다. 무턱대고 악으로 규정하고 비난과 쌍욕을 퍼붓는다. 그야말로 잘못된 히스테리다. 이게 다 자연스럽게 부러워할 줄 모르는 세태에서 비롯된 것이다. 있는 그대로의 자기를 직시하는 연습을 외면했기 때문이다. 자기의 정신이 올곧게 중심을 잡고 있다면 그까짓 하나 부러워한다고 해서 느닷없이 패자가 되는 것은 아닐 터인데, 부러워하면 지는 거라고 생각하는 것 그 자체가 이미 진 것이고 촌스러운 것이다. 다시 말하지만 그래도 그것은 촌스러운 대처일 뿐 뭐 그럭저럭 괜찮다.

다만 경계해야 하는 것은 부러움의 대상을 향한 이유 없는 (제 나름대로 이유랍시고 들겠지만) 적개심이다. 그것은 자기 자신뿐만 아니라 이 사회까지 병들게 만든다. 부러우면 그냥 부럽다고 솔직 담백하게 느끼고 말할 줄 아는 것이야말로 최선의 기술이고 자연스러운 배출이다. 이는 곧 건강한 정신과 올바른 가치관 형성으로 이어진다.

변방의 술꾼들

가끔 편의점 사장님으로부터 편의점 파라솔을 제집처럼 드나들며 술을 마시는 몇몇 술꾼들에 관한 이야기를 전해 듣는다. 그중 가장 인상적이었던 술꾼은 마치 신화 속의 존재처럼 느껴지는 어느 초로의 중년이었다. 그는 거의 매일같이 들러 짧은 시간에 소주 한두 병을 기계적으로 털어 넣고 홀쩍 떠나 버린다는 것이었다. 그리고 더욱 놀라운 사실은 그가 소주를 마실 때마다 곁들이는 안주가 츄파춥스라는 것이었다. 어느 낭만적인 시구처럼 별 하나에 추억과 별 하나에 사랑을 떠올리듯 그는 소주 한 잔을 마실 때마다 츄파춥스를 빨아먹는다는 것이었다. 나는 그 신화를 듣고 혀를 내두르며 손사래를 쳤다. 그리고 내가 아무리 술을 즐겨도 그 정도 수준에는 절대로 미치지 못한다고 웃으면서 못 박았다.

일찍이 시인 조지훈은 '주도유단(酒道有段)'을 설파했다. 주도(酒道)에도 엄연히 단(段)이 있다는 말이다. 9급에서 1급, 1단에서 9단까지 모두 18개의 계단을 제시한다. 나도 오랫동안 셀 수 없이 많은 형태의 음주를 경험해 왔으므로 적어도 초단 정도는 된다고 생각했다. 누가 술을 더 잘 마시고 더 제대로 마실 줄 아느냐에 대해 등급을 매기는 것이 얼마나 부질없는 일인지 익히 알고 있다. 그래도 편의점 파라솔에서 인생을 관망하며 독작하는 사람으로서 한참 아래에 있는 애송이들과 엄격히 구별되고 싶은 마음도 있었다. 소주를 몇 병까지 마실 수 있다고 떠벌린다거나 맥주는 술이 아니라는 둥 갖은 객기를 부리면서 깝죽거리는 인간들을 보면 굉장히 꼴값을 떨고 앉아 있는 행태로 느껴졌기 때문이다.

물론 술 문화에 있어 주량을 따지고 견주는 것이 재미가 될 수는 있다. 그러나 주량은 주도(酒道)의 승급에 있어 절대적인 기준이 아니다. 등급은 주량에 비례하지 않는다. 누가 더 많이 마시는지를 판가름하는 것이 아니다.

마셔도 그만 안 마셔도 그만, 술과 더불어 유유자적하는 사람. '주도유단(酒道有段)'에서는 7단을 두고 위와 같이 명시한다. 고수가 된다는 것은 사실상 주량이 아니라 술을 대하는 마음가짐에 의해

좌우되는 것이다. 우리가 누군가와 함께 사랑을 할 때, 들끓는 정열을 거쳐 그윽한 정분으로 깊게 뿌리박힌 사랑의 역사를 쓰듯 술도 마찬가지다. 긴 세월 동안 오르락내리락하는 음주 역사의 부침을 뒤로하고, 은은한 풍미로 주도(酒道)의 고단(高段)에 이른 술꾼들이 있는 곳, 바로 이곳 편의점이다.

뜻밖의 합석이었다. 자리를 맡아 놓기 위해 의자 위에 가방을 놔두고 편의점으로 들어갔다. 술과 안주를 사 가지고 자리로 돌아왔는데 웬 초로의 중년이 내 자리 바로 맞은편에 떡하니 앉아 있었다. 그는 막걸리 뚜껑을 이제 막 열고 있었다. 순간 적잖이 당황했지만 말없이 자리에 앉았다. 편의점 파라솔은 테이블이 두 개뿐이어서 의자를 빌리거나 빌려주기도 하고, 합석 같은 묘한 상황이 벌어지기도 하는 곳이었다.

흘끗 보아하니 그는 내가 들었던 신화 속 츄파춥스 중년은 아닌 것 같았다. 그런데 나는 또 다른 신화 속에 들어와 있는 기분이었다. 다름이 아니라 그는 막걸리 통을 한 손에 움켜쥐고서 벌컥벌컥 들이켜는 것이었다. 흡사 운동이 끝난 후에 음료수를 마시는 모습처럼 역동적이었다. 실제로 그는 맛을 느낄 생각은 전혀 없다는 듯 마시는 간격이 매우 짧았고 거의 연속적이었다. 나는 점점 비현실적인 느낌에 사로잡혔다. 그렇게 연거푸 들이켜는 와중에 잠깐의 틈마다 아몬드 쪼가리를 의무적으로 집어서 먹었다. 아몬드는 신화 속 츄파춥스처럼 그가 있는 풍경에서 있는 듯 없는 듯했다.

나는 얼른 소주 한 잔을 들이켰다. 그리고 전자레인지에 돌려 온 햄버그스테이크를 한 입 먹으려고 젓가락을 들었다. 그런데 이상하게도 죄스러운 기분이 들었다. 아몬드를 주워 먹는 그의 앞에서 나의 이 햄버그스테이크는 통속적이고 사치스럽게 느껴졌다. 나는 그의 눈치를 봤다. 그러나 그는 크게 신경 쓰지 않는 듯 보였다. 이윽고 그는 막걸리 한 통을 다 비웠고 바삐 자리를 떠났다. 십 분도 채 걸리지 않은 시간이었다.

놀라웠다. 그에게 술을 마시는 행위는 따로 결심하여 시간을 내고 구색을 갖춰 마련된 장(場)에서 해야 하는 특별한 일이 아니었다. 마치 소변을 보기 위해 화장실에 드나드는 것처럼 하루 중의 짧고 무심한 반복의 인서트일 뿐이었다.

나는 이런 술꾼들을 보면 알 수 없는 경외심이 든다. 어쩌면 그들의 모습과 나를 동일시하려는 것인지도 모른다. 이제는 모든 것이 무미하고 건조하고 흐물흐물하고 푸석푸석하다. 폐항에 방치되어 있는 부서진 배처럼 말이 없다. 홀연히 왔다가 홀연히 잊힌다.

나도 한때는 분풀이하듯 소주 몇 병을 밤늦게까지 마셔야 겨우 직성이 풀리곤 했었다. 주량에 집착했었고 주변을 의식했었고 시간에 얽매였었다. 앞뒤 생각하지 않고 밀어붙이고는 걱정의 소용돌이 속에서 허우적거렸었다. 그런데 여기, 이제는 그리운 것들은 사라졌고, 어느새 처음처럼 잠잠해졌다. 그리고 여기 변방에서, 고단(高段)의 메마른 술꾼들과 조우하며 조금씩 조금씩 그들을 닮아가고 있다.

Ⅹ

죽음 II

이러다 또 봄은 오는 것. 이러다 또 여름은 오는 것. 이러다 또 가을은 오는 것. 이러다 또 겨울은 오는 것. 지긋지긋한 인식의 한계인 이 계절감은 끝내 벗어날 수 없는 것. 그러다 마침내 죽음도 오는 것. 그러나 죽음은 저 멀리에서 오는 것이 아니라 지금도 나란히 가고 있는 것. 인간은 모두 죽는다고 하는 세간의 입버릇은 지나가는 유행인 것. 죽음에 대한 믿음이 실종된 세상에서 경거(輕擧)를 일삼는 사람들을 보고 있으면 틀림없이 그러한 것. 몰래 오는 계절에 속수무책으로 떠밀리듯 알아챌 수 없는 것. 어느 봄볕과 빗방울과 북풍과 눈발처럼 오는데도 온몸으로 맞이해 본 적이 없는 것. 죽음은 어쩌면 신과 같은 것. 너도나도 말하기도 하고 듣기도 하고 더듬기도 하는 것. 그러나 아무래도 사기인 것. 사실 죽음은 애초부터 죽은 것.

X

가슴 사세요

가슴 사세요 가슴 사세요

그녀는 매일 다른 가슴을 피드에 진열한다

어제의 가슴과 오늘의 가슴과 내일의 가슴은

세상의 모든 욕망을 끌어당기기 위해

밀도 높은 골을 가진 블랙홀이 된다

DM은 읽지 않아요

이 계정만 진짜예요

사진 무단으로 도용하지 마세요

기사화를 원치 않아요

꼴값은 덤

그리고 다시 가슴을 내민다

할 말이 따로 있는 것 같아 보여도

결국 하고 싶은 말은 딱 하나

가슴에 새긴 약속은 단 하나

가슴 사세요 가슴 사세요

그 좋은 가슴 두 개가 아니었으면

도대체가 어쩔 뻔했나

가슴을 쓸어내리고서

유일한 특기이자 장점이자 비전

그것을 정확하게 알고 구심점 삼아

시도 때도 없이 중력을 거스르는

희망찬 가슴 두 개

이 세계란 무엇인가

나는 어떤 존재인가

그리고 어떻게 살아야 하는가

온갖 지저분한 철학적 물음 앞에

비밀의 끈을 풀어 낼 수 있는

탁월하고 간결한 호객으로

가슴 벅찬 정답을 제시한다

가슴 사세요 가슴 사세요

그러나

숨겨진 자랑거리의 품격을 모르는

그녀의 슬픔과

자랑거리를 자랑할 줄밖에 모르는

그녀의 촌스러움은

애먼 가슴을 자꾸만 부풀도록 만들 뿐

아

누가 나에게 돌을 던지느냐

보기 싫으면 보지 말라고

아

모르고 하는 소리

가슴에 손을 얹고

보기 싫지만 봐지는 게 있는 법

가슴 삽니다 가슴 삽니다

X

말이 많은 이유

나는 말이 너무 많다. 거의 따발총에 가깝다. 요란하게 쏟아 낸 말들의 출처와 행방이 불분명할 때가 있어 후회하고 자책한다. 내가 말이 많은 이유는 크게 세 가지로 볼 수 있다.

첫째, 말 총량의 법칙 때문이다. 사람에게는 일정 기간 동안에 반드시 배출해야만 하는 말의 총량이 정해져 있다. 그렇기 때문에 성격 차이로 인한 말수의 많고 적음에 관계없이 누구에게나 공통적으로 적용된다.

말수는 꼭 성격으로만 결정지어지는 것은 아니다. 몇 명의 대화 상대를 보유하고 있는지에 따라서 달라지기도 한다. 나는 워낙 인적 네트워크가 빈약하고 사람들과의 왕래가 거의 없는 터라, 이 사람 저 사람과의 활발한 만남을 통해 그때그때 골고루 배출했어야 할 말들이 숙변처럼 쌓여 있다. 그래서 어쩌다가 대화 상대를 만나 대화의 물꼬가 트이면 묵은 말들이 이때다 싶어 한꺼번에 투하되는 것이다.

사실 말 총량의 법칙은 과학적인 근거가 전혀 없는 헛소리다. 무게감 없이 조잘거리는 수다쟁이로만 평가되고 싶지 않은 마음에 소싯적부터 밀고 있는 궁색한 자기변호이자 교묘한 술책이다. 그래도 그럴듯하지 않은가.

둘째, 말의 정확성을 추구하기 때문이다. 보통 가벼운 의견 하나를 말할 때에도 후속으로 여러 가지 보충 설명을 함께 묶어서 내보낸다. 나의 의견이 협소한 시각과 단선적 사고의 과정을 거쳐 나온 부실한 판단이 아니라는 것을 보이기 위해 각종 전제와 예시를 부속품으로 곁들인다.

상대방이 내 의견에 의심이나 오해를 품지 않도록 정비한다. 내가 상대방의 의견에 의심이나 오해를 품지 않는다는 것을 못 박는다. 논리적 결함으로 인한 반박을 사전에 차단하기 위해 구체적인 근거와 전제를 미리 제시한다. 상황마다 사람마다 다를 수도 있음을 안다는 것, 이런 경우와 저런 경우까지도 어느 정도 인지하고 감안한 의견이라는 것을 예시를 들어 강조한다.

개인적으로는, 나도 잘 모르지만, 너도 다 알고 있겠지만, 예를 들자면, 물론 다 그런 건 아니겠지만, 아닌 사람도 있겠지만, 그런 사람도 있겠지만, 이런 경우도 있겠지만, 저런 경우도 있겠지만, 그런 의도는 전혀 아니고, 네가 그렇다는 건 아니라는 것도 알고, 내 말에도 모순이 있지만, 네 말에도 일리가 있지만, 그러하다는 것도 어느 정도 다 알지만, 그러하다는 것까지 다 알 수는 없겠지만…….

이러한 장치들이 어쩔 수 없는 입버릇처럼 더해져 어느새 말이 눈덩이처럼 불어난다. 말이 말을 낳는다. 말을 위한 전제를 놓는다. 또 그 전제의 틈을 메우기 위해 말을 넣는다. 그렇게 말은 줄줄이 이어진다. 어쩌면 나는 내 생각이 짧다는 것을 들키고 싶지 않고, 남의 생각은 짧지 않다는 것을 추켜세우고 싶은 것인지도 모른다. 동시에 내 생각이야말로 짧지 않다는 것을 드러내고 싶고, 남의 생각은 짧다는 것을 들추고 싶은 것인지도 모른다.

셋째, 침묵을 두려워하기 때문이다. 내가 한 말 중에는 종종 괜찮은 말도 있었다. 그러나 그보다는 견디기 힘든 정적의 순간을 물리치기 위해 꺼낸 실없는 말이 더 많았다. 그러고 나서는 왜 그런 쓸데없는 말까지 했을까 하고 후회를 한 적이 한두 번이 아니었다.

한창 헌팅을 하면서 여성들과 합석하여 술을 마시던 이십 대 시절이었다. 나는 서로 데면데면하여 주저주저하고 있는 청춘 남녀의 대면식이 몹시 어색해서 죽을 것만 같았다. 뭐 물론 내가 원해서 만든 자리였지만 말이다. 아무튼 나는 한껏 경직된 분위기를 얼른 누그러뜨리고 유쾌한 화합의 장으로 견인하기 위해 분투했다. 아무도 시키지 않았지만 쉴 새 없이 말을 쏟아 내며 분위기를 돋우는 사회자 노릇을 자처했다. 좌중은 재밌어하면서도 기관총 같은 나의 뜨거운 연사(連射)를 신기하다는 듯 바라봤다. 결국에는 나에게 이런 질문까지 던지는 여성들이 이따금씩 있었다.

-저기 혹시 레크리에이션 강사세요?

아아, 바람처럼 스쳐간 이름도 모르는 옛 그녀들에게 사실 나는 INFJ라고 고백한다면, 웬 말 같지도 않은 소리를 하고 있냐며 콧방귀를 뀔지도 모르겠다.

나도 때로는 과묵하고 무드 있는 사람이고 싶다. 그러나 얼굴이 곧 말이 되는 사람이 아니므로 말해야 사는 슬픈 사람이다. 침묵을 의연하게 버틸 수 있는 사람이 아니므로 말해야 사는 슬픈 사람이다. 말이 오해를 낳는 것을 견딜 수 없는 사람이므로 더 말해야 사는 슬픈 사람이다. 나도 언젠가는 그럴듯한 수식이나 긴 설명을 굳이 하지 않는 여느 멋쟁이들처럼 '합장 이모티콘'이나 하나 툭 던져 놓고 떠나는 사람이고 싶다.

2층

초조한 얼굴로 엘리베이터를 기다린다. 언제부터 그렇게 시간을 아끼면서 살았다고 우스운 안달을 부린다. 사실 이러한 나의 안달은 엘리베이터에 함께 탑승할 다른 누군가의 등장에 대한 두려움에 기인한다. 좁은 엘리베이터 안에서 낯선 타인과 적막을 공유하는 일은 너무나도 고역이기 때문이다.

다행히 아무도 등장하지 않은 가운데, 이제 거의 1층에 임박하고 있다. 그런데 그때 엘리베이터가 생각지도 못한 2층에 멈춰 선다. 나는 다시 경직된다.

'씨, 그걸 타냐. 그냥 좀 걸어 내려오지.'

나는 속으로 2층을 욕한다. 다름 아닌 3층에 사는 내가 2층을 욕한다. 꼭대기 층에 사는 것도 아니면서(꼭대기 층이라고 해서 욕의 정당성이 생기는 것은 아니지만) 오히려 가장 근접한 층에 사는 내가 더 쉽게 욕을 퍼붓는다. 내가 타면 이동 수단, 남이 타면 나태함.

세상살이도 그렇다. 가장 가까운 사람이 가장 큰 적이 될 수 있는 위험성을 내포하고 있는 것이다. 아, 무슨 세상의 이치를 간파하고 있다는 듯 일반화하지 않겠다. 내가 3층에 살고 있어서가 아니라 나의 못된 심보 때문이라는 것을 나도 안다.

엘리베이터 문이 열린다. 의외로 2층은 각종 재활용 쓰레기 더미를 거느리고 있다. 2층은 눈치를 보면서 서둘러 쓰레기 더미를 옮긴다. 나는 엘리베이터 문이 닫히지 않도록 버튼을 누르면서 나긋나긋하게 말한다.

"천천히 하세요."

나는 참 보통보다 더 나쁘고 보통보다 더 착하다.

×

러브 어페어

"자기야, 나 오늘 뭐 달라진 거 없어?"

여자의 애교 섞인 물음에 남자는 난색을 보인다. 미세하게 바뀐 머리의 길이나 색깔, 화장법, 액세서리 등과 같이, 남자에게는 매우 미묘하여 알아차리기 어려운 변화에 대한 난제를 출제한다. 총총한 눈빛으로 화답을 기대하던 출제자는 계속되는 남자의 오답에 결국 삐지고 만다. 그 난제는 남자에게는 단지 고도의 눈썰미를 요하는 다른 그림 찾기의 영역일 뿐이다. 그리고 여자에게는 단지 눈썰미 테스트가 아니라 세심하고 연속적인 관심, 즉 사랑을 확인하는 영역인 것이다. 그러나 다행히도 수험자의 오답이 곧 사랑의 미달로 여겨져 즉각적인 심판의 대상이 되지는 않는다. 남녀가 각각 지니는 생득적인 특성의 차이가 어느 정도 인정되기 때문이다. 그래서 그 귀여운 시험의 순간은 다만 연인 사이에 겪게 되는 아기자기한 사랑 나눔의 신(scene)으로 소모되는 것이다.

사랑은 미묘한 변화를 알아차릴 수 있는 낭만적인 눈썰미에만 있는 건 아닐 것이다. 안락한 보금자리와 탈것, 예물과 예단과 혼수, 카드 명세서와 관리비 고지서와 대출 상환금, 명품 가방과 장신구, 육아 생활과 양육비와 생활비와 노후 대책과 보험료, 파인 다이닝과 여권 스탬프……. 사랑이 있어야 할 곳은 도대체 한두 군데가 아니다. 그렇기 때문에 낭만 읽은 눈썰미 정도는 쉬이 면죄부를 주는 것인지도 모른다. 그것이 밥을 먹여 주는 것도 아니므로.

그러나 애석하게도 내가 가진 건 오직 미세한 변화를 포착해 내는 센서뿐이다. 나는 무엇이 어떻게 달라졌는지 그 누구보다도 금방 알아보는 사람이다. 그래서 여자의 미묘한 변화를 잘 캐치하지 못한다는 것이 남자의 보편적 특성으로 채택되는 것은 못내 아쉽다. 아니, 아쉬운 정도겠는가. 나는 보통 남자들과의 비교를 거부한다. 뭇 여자들보다도 꼼꼼하고 섬세하다는 것을 자부한다. 나의 변화 감지력은 보통이 아니다.

나의 눈썰미는 예술계에 종사하는 사람이라면 흔히 지닐 법한 남다른 기질에서 비롯된 것은 아니다. 또한 약점을 보완하기 위해 진화론적으로 발달한 것도 아니다. 그것은 오로지 순수한 사랑에 대한 강렬한 믿음만으로 일궈진 것이다. 무엇이 달라진 것 같냐는 물음이 있기도 전에 달라진 뭔가를 먼저 발견하고서 기분 좋은 말을 건네는 것, 바로 거기에 따뜻한 사랑의 단초가 있다고 믿는 이유다. 사랑이 낭만으로만 유지되는 것은 아닐 테지만, 낭만이라는 토대 없이 형식으로만 짓는 사랑이란 공중누각에 불과하다고 믿는 이유이기도 하다.

엔니오 모리꼬네가 음악을 담당한 '러브 어페어(1994)'라는 영화가 있다. 거기에는 열 곡의 음악이 동일한 테마를 가지고 구성만 조금씩 달리하여 변주된다. 블라인드로 음악만 듣고 있으면 이 곡이 어떤 곡인지 각 음악의 제목이 무엇인지 알아맞히기가 쉽지 않다. 그러나 나는 일일이 구별할 수 있다. 나에게 귀썰미가 있어서 그런 것은 전혀 아니다. 귀썰미는 없다. 사실은, 구별할 줄 알아야 엔니오 모리꼬네를 향한 나의 사랑이 제대로 자격을 갖추는 것이 아닐까 싶어, 듣고 또 듣고 외우고 또 외우고, 그런 나의 간절한 마음이 있었기에 가능한 것이었다.

Ⅹ

먼 훗날

먼 훗날 그대를 다시 만났을 때

가엾은 내 사랑에 후회가 밀려와도

예의를 갖춘 눈짓으로 안부를 묻고

그대의 고요한 일상에 고개를 끄덕이다

가벼워진 추억 얘기에 나이를 실감하면서

돌아오는 길 석양 같은 미소가 지어진다면

길고 한가했던 내 사랑을 이제서야 마친다고

시도하지 않음의 행복

열차의 문이 열리고 사람들이 타고 내리는 소리가 플랫폼 쪽에서 들려왔다. 그러자 내 옆에 있던 한 남자가 계단을 두세 칸씩 집어삼키며 부리나케 뛰어 올라갔다. 나는 개의치 않고 양반같이 점잖게 한 칸씩 천천히 올라갔다. 가서 있으면 타는 거고 없으면 다음 거 타면 된다는 심정이었다. 무엇보다도 뜀박질로 인해 옷매무새와 머리 모양이 흐트러지고 몸에 열이 올라 땀이 나는 것을 극도로 싫어하기 때문이었다.

플랫폼에 도착해 보니 방금 전에 뛰어갔던 그 남자가 있었다. 열차는 막 떠나는 중이었고 남자는 다소 아쉬운 표정으로 숨을 고르면서 스크린 도어 앞을 괜스레 서성거렸다. 나는 왠지 모르게 이득을 본 것만 같아 흐뭇한 기분이 들었다.

시도는 언제나 반드시 누구에게나 좋은 것일까. 애써 시도하고 맞이하는 실패는 쓰다. 그 실패는 증세가 뚜렷해서 '좋은 경험'이라는 치료제 없이는 자가 치유되기가 쉽지 않다. 반대로, 시도하지 않고 자연스레 누리는 실패는 별로 쓰지 않다. 더 정확히 말하자면, 시도하지 않은 사람에게는 애초부터 목적과 행위 자체가 없었으므로 결과도 없고 실패도 없다. 다만 '행위 하지 않음'의 행위를 함으로써 처한 상황도 일종의 결과라고 본다면 '답보 상태' 정도로 말할 수 있겠다. 아마도 혹자는 답보 상태를 곧 실패와 다름없는 것으로 보기도 할 것이다. 그러나 꼭 부정적으로만 해석될 필요는 없다. 한곳에 머무르기를 자초하는 사람은 정체와 도태가 아닌 인정과 수용의 시선을 통해 변화하지 않음을 향유하고 시도하지 않음을 추구하는 것이기 때문이다.

시도하지 않았다는 것이 곧 실패는 아니다. 실제로 시도한 후에 실패하여 손상을 입게 된다면 시도하지 않아 실패와 망신을 면하게 된 것은 잘한 선택이 된다. 그러나 세상은 실패했음에도 시도를 한 선택이 훨씬 좋은 것이고 아름다운 과정이라고 포장하며 위로한다. 그러면서 시도하지 않는 선택의 가능성과 자유 의지를 원천 봉쇄하고 용기 없는 패배자로 몰아붙인다. 아무리 결과가 실패로 돌아간다고 해도 자꾸만 도전하고 시도해야 한다고 다그치고, 시도조차 하지 않는 사람은 어리석다고 나무란다.

물론 인간이라는 존재가 눈물이 날 만큼 아름답고 위대한 이유는 불가능해 보이는 것들을 끊임없이 시도함으로써 이룩해 온 빛나는 역사와 정신이 있기 때문일 것이다. 그리고 그러한 시도의 가치와 의미는 성패 여부에 있는 것이 아니라 시도 그 자체에 있기 때문일 것이다.

그렇지만 세상에는 그토록 반짝이는 눈망울과 요동치는 심장과 '오늘보다 더 나은 내일'이라는 진화의 희망으로 삶을 장쾌하게 일궈 나가는 사람만이 있는 것은 아니다. 거창한 꿈이나 계획 없이 하루하루를 살아내는 미지근한 사람에게는 뜨거운 시도도 화려한 성공도 처참한 실패도 모두 다 낯설게 느껴질 뿐이다. '실패는 성공의 어머니'라는 희망적인 말은 실패를 대수롭지 않게 담담한 마음으로 다룰 수 있도록 돕는다. 실패의 속성을 당위성과 필연성과 일상성으로 연결 짓도록 한다. 그리하여 그것을 누구나 삶에서 마주하게 되는 아주 자연스러운 하나의 과정으로 인식시킨다. 그러나 역시 어떤 사람은 굳이 실패라는 새엄마를 들이고 싶지도 않고, 성공이라는 자식은 더욱더 낳고 싶지도 않은 것이다. 실패는 짐이고 성공은 그보다 더 큰 짐이다.

아무것도 하지 않으면 아무 일도 일어나지 않는 거라는 힐난의 소리가 여기저기서 들려온다. 그런데 어쩌겠는가. 아무것도 하지 않음으로써 맞이하게 되는 절반의 안정과 발전하지 않는 고요에는 묘한 달콤함이 있다는 것을. 행위와 결과에 따른 산란과 진동이 난무하는 세간과 인파로부터 벗어난 이탈자에게는 느긋한 관망의 특권이 있다는 것을. 그리고 자기가 스스로 시도하지 않았다는 그 사실, 즉 자주적 선택이라는 최후의 보루는 어떠한 결과에 대해서도 정당성과 위안을 가져다준다는 것을. 시도하지 않아 아무 일도 일어나지 않는 곳에 살고 있는 사람의 오늘은 그래서 더 평온하다.

×

오늘보다 더 나은 내일

앞으로 다가올 내일들이 언제나 '오늘보다 더 나은 내일'로만 죽 이어지지 않기를 바란다. 오늘보다 더 나은 내일, 내일보다 더 나은 모레, 모레보다 더 나은 글피, 글피보다 더 나은 그글피가 되는 것은 사절한다. 그렇게 하루만큼 비례하여 계속해서 누적되는 것은 상상만 해도 끔찍하다. 나날이 좋은 날들뿐이라니. 그렇게 되면 내 생애 최고의 날은 내가 죽는 날일 텐데 그건 좀 곤란하다. 정점에 다다른 가장 좋은 날에 맞이하는 죽음이라니.

가장 좋았던 날들은 바로 어제가 아니라 먼 그리움이라야 좋다. 짧고 뜨겁게 타오르다 푹 쓰러지는 청춘, 죽고 못 사는 듯하였어도 다시 만나지지 않는 나이 든 사랑처럼. 정작 사랑하고 그리운 것들은 아득해져야 하고, 그러다 그까짓 추억 놀음마저 시들시들해져야 한다. 조금씩 더 분명하게 낮아지는 삶과 죽음 사이의 문턱에서 오늘보다 더 나은 죽음과 구체적으로 부딪치고 가뿐히 넘어가야 하므로.

✕

무감각의 제국: 제1차 보고서

•들어가고 나올 때 문을 제대로 안 닫는 사람

•벤치에 앉을 때 1/3의 경계를 허물고 두 자리를 차지해서 앉는 사람

•의자를 드르륵드르륵 끌면서 일어나는 사람

•앉았던 곳에서 떠날 때 의자를 제자리에 집어넣지 않는 사람

•에스컬레이터에서 둘이 나란히 서 있는(것까지는 좋은데 뒤에서 급하게 내려가려는 사람의 기척을 전혀 못 느끼는) 사람

•음식을 함께 먹을 때 1/N의 양을 고려하지 않고 마구 먹는 사람

•반찬통 뚜껑을 닫아서 냉장고에 넣지 않고 식탁 위에 벌여 놓는 사람

•설거지도 안 하는 주제에 밥을 먹고 나서 빈 그릇에 묻은 것

들을 물에 한번 헹궈 싱크대에 잘 포개 놓지 않는 사람

• 약속 시간에 반드시 얼마간은 늦고야 마는 '탁재훈 표준시'에서 사는 사람

• 휴게소에 들른 고속버스에서, 정해진 휴게 시간을 넘기고 혼자만 마지막으로 늦게 타는 주제에 허겁지겁 조아리며 멋쩍은 미소를 내비치지 않고 무표정으로 떳떳하게 타는 사람

• 커피숍에서 주문할 때 미리 메뉴를 대략적으로라도 결정한 다음에 직원 앞에 서지 않고, 직원 앞에 선 그때부터 이것저것 메뉴를 공부하면서 직원과 담화를 나누는 사람

• 좁은 길에서 여럿이 횡대로 걸어가고 있는(것까지는 좋은데 뒤에 지나가려는 사람이 근접한 기운을 전혀 못 느끼는) 사람

• 열차나 버스에서 큰 목소리로 통화하면서 전혀 알고 싶지 않은 사적인 대화를 전시하는 사람

• 가는 게 있으면 오는 게 있어야 하는 법인데 안 오는 사람

• 여럿이 함께 식사를 할 때 마지막 하나 남은 음식을 거리낌 없이 가져가 단숨에 해치우는 사람

• 칼이나 가위를 건네면서 자기가 손잡이 쪽을 잡고 있는 사람

• 목줄을 채우지 않고 우리 개는 안 문다고 하는 사람

•개똥을 안 치우는 사람

•개와 산책 중 행인과 가까이 마주치며 지나갈 때 목줄을 짧게 고쳐 잡아당기면서 피해를 주지 않기 위해 신경 쓰는 듯한 액션을 취하지 않는 사람

•빨래를 직접 할 것도 아니면서 옷이나 양말을 돌돌 말아 놓고 뒤집어서 빨래통에 휙 던져 놓는 사람

•재채기할 때 손으로 입을 가리면서 숨기듯 하지 않고 열린 발성으로 '으아에에엣취이이!!-으어어' 하는 사람

•바닥에 '흐크으으읍-크아아아악-퉤에엣!!' 하고 침을 뱉는 사람

•엄지손가락으로 한쪽 콧구멍을 틀어막고 바닥에 콧물을 흥 내쏟는 사람

•자동차가 먼저 지나가라고 정지해 줬을 때 목례 혹은 귀여운 종종걸음 없이 무표정으로 똥폼 잡고 걸어가는 사람

•부주의하게 끼어들기를 했을 때 비상등을 켜거나 창밖으로 손짓하여 사과 인사를 건네지 않는 사람

•뒤에서 차가 오는지 모르고 걸어가는 사람을 향해 단음이 아닌 장음으로 클랙슨을 울리는 사람

•우산꽂이에 있는 다른 사람의 우산을 자신의 우산으로 착각

해서 가져가는 사람

•비 오는 날 좁은 인도에서 마주 오는 사람을 스쳐 지나갈 때 우산을 슬쩍 옆으로 기울이지 않는 사람

•앞에 사람이 있는데도 젖은 우산을 마구 확 펼쳐서 물을 튀게 하는 사람

•문을 열고 지나갈 때 바로 뒤에 오는 사람을 배려해서 살짝 뒤돌아보면서 문을 잡아 주지 않는 사람

•신발을 가지런히 벗어 놓지 않고 흩뿌려 놓는 사람

•신발 한 짝을 신다가 균형을 잃었을 때 바닥이 아니라 다른 사람의 신발을 밟는 사람

•열차나 고속버스 좌석에서 신발을 벗고 양반다리로 앉는 사람

•조수석에서 신발을 벗고 대시보드에 다리를 뻗어 올리는 사람

•자동차 문을 세게 쾅 닫는 사람

•장거리 주행 시 조수석에서, 운전자의 지루함을 덜어 주기 위해 말벗이 되어 준다거나 졸음운전을 단속한다거나 하는 각종 사고 방지를 위한 제2의 눈으로서의 조수 역할을 내팽개치고 내내 잠만 자는 사람

•영화관에 늦게 도착해서 핸드폰 플래시를 비추며 자리를 찾

는 사람

•영화관에서 부득이하게 핸드폰을 사용할 때 화면 밝기를 최소로 줄이지 않고 다른 손으로 가리지 않는 사람

•공공장소에서 시끄럽게 나대고 있는 제 자식이 제지를 당할 때 애가 그럴 수도 있다는 식으로 방치하고 항변하는 사람

•선물 포장지를 아무렇게나 북북 찢어서 뜯는 사람

•친구에게 선물로 받은 책(편지글이 담긴)을 중고 책방에 팔거나 버리는 사람

•엘리베이터에서 열림 버튼을 누르고 기다려 주는데 감사 인사나 목례를 하지 않고 종종걸음으로 오지 않는 사람

•커피숍 픽업 존에 있는 직원이 주문하신 음료가 나왔다고 몇 번을 불러도 오지 않는 사람

•커피숍에서 나갈 때 자기가 사용한 자리에 있는 커피잔, 빨대, 휴지, 쟁반을 치우지 않는 사람

•회사 단톡방에서 업무와 관련된 공지 사항을 알리는 메시지에 '네' 혹은 '알겠습니다'라고 최소한의 대답도 하지 않고 읽씹하는 사람

•치약을 개봉한 후 중반기가 지날 즈음에, 아랫부분에 남은 것

들을 꾹꾹 누르고 밀어서 올려놓지 않고 윗부분만 짜서 쓰는 사람

•사용한 생리대를 버릴 때 돌돌 말아 압축 및 정리를 하지 않고 활짝 펼쳐서 팽개치는 사람

•변기 커버에 오줌을 묻혀 놓는 사람

•깜빡하고 지갑을 놓고 왔다는 사람

X

뭉치면 살고 흩어지면 죽는다

몸이 고장 나서 내리 물 설사를 하느라 거의 초주검이 되었다. 그러다가 극적으로 마주한 온전한 형태의 분변은 보기에 참 좋았다. 결코 더럽게 여기거나 외면해야 하는 것이 아니었다. 찌꺼기일 뿐인 아무짝에도 쓸모없는 것이 아니었다. 몸 안에서 복잡하고 오묘한 공정을 오작동 없이 거쳐 좋은 것들을 뒤로하고, 쓸쓸하지만 씩씩하게 내 눈앞에 나타나 안도를 선사한다. 잘 빚어지고 뭉쳐진 그것은 대변 활동의 대견한 결과물이자 건강을 대변하는 척도가 된다. 아프니까 새삼 볼일 보는 것도 별 볼 일이 있다.

사전연명의료의향서

언제가 될지 모르지만 생의 끝에서 무의미한 연명 치료로 마무리가 주체스럽지 않도록. 혹시라도 누군가가 내 곁에 있다면 괜한 짐을 지게 하지 않도록. 그리고 나를 위해. 조각난 삶의 파편들을 가만히 놓아주지 못하고 엄지와 검지로 가까스로 붙들어 지체하던 나의 미련한 삶을 위해. 일평생을 애매한 태도로 일관하며 도대체 과단성이라고는 눈을 씻고 찾아봐도 없었던 나의 희뿌연 삶을 위해. 그토록 모자랐던 삶에 대한 회한만큼 실낱같은 육체에 대항하여 처음이자 마지막으로 분명한 의도로 방점을 찍고 싶은 나름의 의지.

ⅹ

ㅅㅂ

아, 신발이여…….

나는 언제나 흰색 민무늬 신발(스니커즈 혹은 러닝화)만 신는다. 한결같은 스타일을 고수하는 그 모습은 흡사 앙드레 김 선생이 자신의 영원한 심벌인 순백의 우주복을 대하는 것과 같다. 다른 종류의 신발을 운용하는 일은 일절 없고 오직 단벌 체제로 확립되어 있다. 그렇게 한 신발만 줄곧 신고 다니다가 수명이 다 되면 비슷한 '심플 이즈 더 베스트' 계열의 흰색 민무늬 신발을 구입하여 또 그것만 주야장천 신는다. 그리고 청결 유지에 집착한다. 순백의 상태를 보전하기 위해 일주일에 한두 번은 수세미와 표백 비누로 벅벅 문질러 세탁에 공들인다. 세탁을 한 후에는 섬유 탈취제를 뿌리고 멸균

효과를 위해 직사광선이 난무하는 창틀 위에 올려놓는다. 이러한 신경증적 면모는 어쩌면 퇴색하고 더러워진 자신에 대한 혐오를 신발에 투사하여 어떻게든 닦고 지우기를 반복하는 것인지도 모른다. 이 같은 행동에 열성적으로 집중하고 있는 나를 보면 아무래도 이 또한 정신병의 일종이라는 생각을 지울 수가 없다.

잠에서 깨어나 보니 나의 철칙에 난잡하고 검은 기억들이 덕지덕지 끼어 있다. 철저한 청결의 일상성이 무색할 정도로 와르르 무너져 있다. 나는 만취했고 또다시 블랙아웃이 되었다. 말끔하던 신발이 거지발싸개처럼 엉망으로 더러워져 있다. 대체 얼마만큼 고상함을 내동댕이쳐야 신발이 이 모양 이 꼴이 될 수 있단 말인가. 이제는 검게 그을린 신발이나 바지 끝단에 묻은 흙과 팔뚝에 핀 푸른빛의 멍 따위를 통해 형편없는 나의 삶이 그대로 투영되는 일은 놀랍지도 않다. 다만 블랙아웃이라는 위험에서 매번 살아서 깨어났음을 감사하게 생각할 뿐이다. 기억을 잃어버린다는 것은 매우 께름칙하다. 그러나 다시 살아가려면 역설적이게도 기억을 잃어버려야만 한다. 분주하게 들끓던 그날의 밤과 대비시킬 수 있는 음악이 필요하다. 에릭 사티의 '짐노페디 1번' 정도면 적당할 것 같다. 그러고는 교교히 흐르는 강물 위에 반짝이는 윤슬과 같은 마음가짐으로 우아하게 재정비한다. 그날의 신발과 옷을 세탁한다. 뜨거운 물을 받은 욕조에 그날의 몸을 수장한다. 검은 기억이 박힌 그날의 뇌를 망각이라는 표백제로 닦는다. 그리고 정돈된 마음이 차츰 따분해질 무렵 다시 술을 마시러 간다. 세탁하기 위해 나를 더럽히고, 더럽히기 위해 나를 세탁한다. 나는 이렇게 손상과 복구, 은폐와 착각 속에서 교차하는 절반의 삶을 살아가고 있다.

아, ㅅㅂ…….

PART II

후기

×

다들 좋은 결과 있으시길 바랍니다

아니, 그러면 순위를 매길 수가 없지 않습니까. 위선 떨지 마십시오. 당신도 각기 다른 결과들 속에서 우위를 차지하기도 했고 뒤로 밀려나기도 했습니다. 모두에게 좋은 결과란 있을 수도 없고 있어서도 안 됩니다. 언제나 좋은 일들만 가득하시라는 인사치레처럼 그 얼마나 허울뿐인 빈약하고 금세 널브러질 부질없는 말은 그래서 인사로도 쓰지 못하는 까닭입니다. 다들 각자가 가지고 있는 적나라한 실력과 노력한 시간만큼 딱 그 정도의 결과만이라도 있으시기를 바랄 뿐입니다. 이것은 분명 덕담이지 악담은 아닙니다.

ⵝ

인사성

나에게는 자랑할 만한 장점이 하나 있는데 그것은 바로 인사성이다. 스스로를 두고 '검은 인간'이라고 지칭하여 살아온 만큼 그 역할에 걸맞도록 으슥하고 경직된 표정으로 무반응과 무언을 일삼았을 것 같지만, 사실 실생활에서는 그 누구보다도 뛰어난 인사 기술자다.

아파트 출입구를 드나들 때 경비원에게, 배달 음식을 받을 때 배달원에게, 편의점, 커피숍, 음식점, 술집, 마트 등에서 음식이나 물건을 받거나 계산을 할 때 종업원에게, 버스에 올라탈 때 버스 기사에게, 택시에 타고 내릴 때 택시 기사에게, 먼저 지나가라고 멈춰 준 운전자에게, 뒤따르는 나를 위해 문을 잡아 준 앞사람에게, 나를 뚫어지게 바라보는 아기에게, 그리고 잔디밭을 어슬렁거리는 고양이에게……. 시선이 마주치고 호흡이 뒤섞이는 순간들마다 먼저 예의

바르게 고개를 숙이고 허리를 굽혀 하얀 말투로 인사를 건넨다.

이렇게 인사를 하면 일단 받는 사람의 기분이 좋을 것이다. 그런데 사실 인사는 선물처럼 받는 사람보다 하는 사람의 기분이 더 좋은 것이다. 나아가서 인사를 하는 나의 모습을 느끼며 '인사를 잘하는 착한 나'라는 메타적 인식까지 더하면 기분이 훨씬 더 좋아진다. 오늘도 나는 알량한 도덕적 우월감을 잔잔하게 느끼며 하찮은 나의 삶을 살뜰히 지탱해 나간다.

✕

양산을 쓴 남자

'양산 쓴 남성' 언제쯤 쉽게 찾아볼 수 있을까요

양산의 장점 많다는데 / '양산 쓴 남성' 보기 힘들어 /

日, '남자도 양산 쓰자' 캠페인 / '대프리카' 대구시도 '양산 일상화' 외쳐

나는 양산을 쓴 남자였다. 더 정확히 말하자면, 양산을 따로 마련해서 쓴 건 아니었고 우산을 양산의 용도로 쓰고 다녔었다.

2000년대 초반 즈음으로 고등학생 때였다. 나는 햇볕이 쨍쨍 내리쬐는 무더운 여름날이면 우산을 쓰고 다녔다. 그런 내 모습을 볼

때면 친구들은 킥킥거렸다. 그리고 도통 이해할 수 없다는 듯 놀림조로 물었다.

-아니, 도대체 그건 왜 쓰고 다니는 거야?

나는 당최 그 질문을 이해할 수 없었다. 나의 기분은 마치 드라마 '대장금'의 명대사인 '저는 제 입에서 고기를 씹을 때 홍시 맛이 났는데 어찌 홍시라 생각했느냐 하시면 그냥 홍시 맛이 나서 홍시라 생각한 것이온데…….'와 같았다. 1 더하기 1이 왜 2냐고 묻고 있는 것 같은 우중을 향해 흡사 삼단논법을 설파하듯 차근차근 말했다.

-자, 봐봐 애들아. 뜨겁고 싫은 햇볕은 가리는 게 마땅하다. 나는 햇볕이 뜨겁고 싫다. 그러므로 나는 이 우산으로 햇볕을 가린다. 오케이? 문제 있니?

나의 진지한 장광설에 친구들은 어이없다는 표정으로 또다시 킥킥거리며 말했다.

-거참 유별나네…….

그로부터 무려 20여 년이 흐른 지금, 양산과 관련된 기사가 눈에 띄었다. 양산은 여전히 여성의 아이템으로 국한돼 있는 것 같았다. 나는 볕을 가리는 게 당연하다고 생각해서 당당하게 쓰고 다녔는데 아직 양산을 쓴 남성이 당연시되는 세상은 아닌 모양이었다. 양산의 사전적 정의를 찾아봤다. 국어사전을 보니 '주로 여자들이 볕을 가리기 위하여 쓰는 우산 모양의 큰 물건'이라고 나왔다. 사전적 정의에서도 양산은 정서적 규범상 거의 여성의 영역에만 해당되는 것으로 명시하고 있었다.

오해하지 마시길. 나는 지금 '꽃무늬 레이스가 달린 양산'을 남자가 쓰는 것이 어떻냐에 대해 말하는 것이 아니다. 햇볕을 가리는 용도로서 양산(혹은 우산)을 쓰는 행위 자체에 대해 말하는 것이다. 양산이라는 다소 여성적인 물건 자체에 지나치게 초점을 맞추지 않아도 된다. 나도 꽃무늬 레이스가 달린 양산은 영 자신이 없으니까. 핵심은 남자가 햇볕을 가리기 위해 도구를 사용하는 것이 과연 남자다운 모습인가에 대한 문제이다.

양산을 쓰고서 친구들과 설전을 벌이던 그때의 내 모습이 남자다운 것이었는지 남자답지 못한 것이었는지는 잘 모르겠다. 사실 별로 중요하지도 않다. 물론 그렇다고 해서 나는 '남자다움' 혹은 '여자다움'이라고 하는 일체의 규정은 완전히 사라져야 한다고 급진적인 주장을 하는 사람은 전혀 아니다. 오히려 나는 엄연히 남자다운 것과 남성의 역할이라는 게 있고, 엄연히 여자다운 것과 여성의 역할이라는 게 있다고 믿는 쪽이다. 나는 '양성평등'을 말하려는 것도 아니고 '양산 평등'을 말하려는 것도 아니다. 다만 20여 년이 흐른 지금까지도 고작 양산 하나를 쓰네 마네 하는 기사가 나오는 세상에서, 너도 나도 깨어 있는 척을 하면서 외치는 '틀린 게 아니라 다른 것입니다'라는 계몽적 구호가 유행처럼 퍼져 있다는 사실이 좀 우스울 뿐이다. 모두들 진짜로 가슴에 손을 얹고 다른 건 틀린 게 아니라고 생각하고 있는 것인지, 양산을 쓰고 지나가는 나를 흘끗 보면서 유난을 떤다고 생각하지 않을 것인지 궁금하다.

마지막으로, 나는 소싯적에 이상하리만치 '양산을 쓴 여인'이 너무 좋아서 핀업 걸 포스터를 동경하듯 유심히 바라보고 또 바라보곤 했었다. 클로드 모네의 그림 말이다.

×

음악 감상가

뮤직 DNA

2021.07.23

박_현_준 님은 2012.12.14부터

100,012개의 곡을 감상하고 있습니다

***뮤직 DNA :** 음원 서비스 '멜론'에서 사용자의 감상 이력을 분석하여 다양한 수치와 도표를 제공하는 섹션

1.

나는 음악 감상가다. 누구든지 쉽게 할 수 있는 음악을 듣는 행위에 '가(家)'를 붙일 수 있는지에 대해 반문이 있을 것이다. 모름지기 '가(家)'를 붙이려면 해당 분야에 정통하여 입증 가능하고 체계화된 전문성을 지니고 있어야 하기 때문이다. 단순히 음악을 너무 좋아해서(추상적인 너무나 추상적인……) 많이 듣고 즐긴다는 것만으로는 객관적인 전문성을 인정받기 어려울 것이다.

수많은 음악과 음악가에 대해 세세하게 두루 알아야 하고, 각 음악들의 장르와 형식을 이해해야 한다. 그리고 음악사학의 관점으로, 역사의 흐름에 따라 각 시대별로 어떤 양상을 띠면서 변모하고 확장하고 발전하여 현재에 이르렀는지를 알아야 한다. 더불어 미학적, 문화사적 의미를 거시적 안목으로 파악하여 해석하고 논할 수 있어야 한다. 이러한 요건들로 전문성을 갖추고 밥벌이를 하는 사람을 두고 음악 평론가라고 일컫는다.

그러나 나는 어렵고 복잡한 것들에서만큼은 면피하고 싶다. 그저 편하게 음악을 들으면서 순간순간의 감흥과 감당할 수 있을 정도의 얕은 정보만을 챙기고 싶은 감탄고토하는 사람이다. 그렇기 때문에 교묘하게 '음악 감상가'라는 휘장을 달고 내세운다. 말하자면 평론가라는 직업적 사명을 위한 심화된 지식과 통찰력과 책임감 같은 것들을 챙기는 일은 외면하는 것이다.

그렇다면 나는 도대체 무슨 심보로 전문가 타이틀을 넘보려고 하는 걸까. 그것은 내가 음악 감상이라는 행위 자체에 할애한 시간과 그 행위의 일상성과 연속성이 평론가의 직업적 전문성의 뺨을 후려칠 만큼 압도적이라고 생각하기 때문이다. 소위 프로페셔널하다는 것은 숙련된 지식과 기술로 전문성을 발휘하여 수익을 창출함으로써 경제 활동의 근간을 이루고 있음을 뜻한다. 그런 점에서 보면 나의 행위는 지극히 개인적인 감상이자 비전문성에 그칠 뿐이다. 하지만 나는 그 누구도 넘볼 수 없도록 끝없이 펼쳐지는 광기의 물량공세로 밀어붙일 것이다. 말하자면 책임을 수반한 직업적 평론가가 될 만한 깜냥은 없으나 보통 이상으로 많이 듣고 알고 있으니 음악 감상가로서 적당히 '척'은 하면서 오로지 더 많이 듣고 즐기는 것에만 집중하겠다는 것이다. 조금 더 직관적으로 말하자면 음악을 잘 안다거나 잘 한다거나 하는 것은 별로 상관없고, 다만 세상에서 음악을 제일 많이 듣다가 간 사람으로 남고 싶다.

2.

멜론에서 감상한 음악이 10만 곡이 되었다. 10만 곡에 이르기까지 많은 시간과 체력이 필요했다. 결코 쉽지 않은 일이었다. 그렇지만 내가 원하고 나를 위한 것이었으므로 어떤 보상을 바랄 리는 만무하다. 좋은 음악과 긴밀하게 맞물렸던 수많은 순간들마다 뜨겁게 움켜쥘 수 있었던 일체의 감정들로 이미 차고 넘치는 은택을 받은 것이다. 그래도 유튜브의 실버 버튼처럼 10만 달성을 기념할 만한 증표 같은 게 있으면 어땠을까 하는 욕심도 든다.

3.

있는 사람이 더 하다는 말이 있다. 인간의 욕망이란 언덕 아래로 굴러떨어지는 눈덩이와 같아서 허무, 무상, 파멸 등과 같은 장벽에 부딪쳐 제동되기 전까지는 점점 더 커지고 더 빠르게 폭주하기 마련이다. 돈이 많으면 돈이 주는 맛을 알기 때문에 더 열심히 불리고 품위를 지키고 싶은 마음이 점점 더 커진다. 마찬가지로 몸매가 좋으면 몸매가 주는 맛을 알기 때문에 더 악착같이 가꾸고 아름다움을 유지하고픈 마음이 점점 더 커진다. 또 다른 의미로서 적용되는 부익부 빈익빈 현상이다.

나에게는 음악 감상이 그랬다. 초반에서 중반까지는 그런대로 잔잔했던 마음이었다. 그런데 5만을 넘어 6만, 7만, 8만으로 숫자가 커질수록 안달이 나면서 만족을 하지 못하고 10만이라는 숫자에 대한 뜨거운 욕망이 불끈불끈 샘솟았다. 가뜩이나 많이 듣는 편이었는데, 10만이라는 숫자를 향한 광기 서린 집착이 생기고 나니 더욱 정신없이 몰두하여 박차를 가하게 되었다.

4.

10만에 대한 집착으로 인해 나는 시도 때도 없이 '뮤직 DNA' 섹션을 드나들며 하루하루 새로 집계된 숫자를 보고 쓰다듬고 곱씹었다. 인간은 번민에 시달리면 다른 무언가에 몰입함으로써 불안을 해소하려고 하는데, 아마도 나의 궁여지책은 저 숫자였던 것 같다. 남들이 주가 지수나 통장 잔고의 숫자를 살피고 있을 때 나는 감상한 곡의 숫자나 바라보면서 살았다. 확실히 나는 똑똑하게 사는 것과는 거리가 멀어도 한참 멀다.

5.

이처럼 나를 추동한 것은 기본적으로 음악을 좋아하기 때문이었지만, 더 큰 숫자를 쟁취하기 위한 본말전도의 욕망이 있었기 때문이기도 하다. 그러나 보다 결정적인 것은 바로 오늘의 전시 행위다. 아마도 나의 얄팍한 지적 허영심은 타인(특히 여자)으로부터 인정받고 싶은 마음에서 발원했을 것이다. 내가 처리한 정보의 물량을 단적으로 보여 주는 '뮤직 DNA' 섹션이 없었거나 나의 행적을 전시하며 떠벌릴 수 있는 SNS가 없었다면 10만을 향한 나의 추진력은 훨씬 약했을 것이다. 얼마나 잘 들어서 내 것으로 충분히 소화시켰는지는 그다지 중요한 게 아니다. "나 이만큼이나 들었소!" 하고 공개적으로 알릴 수 있는 위압적인 숫자를 쥐는 것이면 충분하다.

6.

나는 음악 레슨을 할 때 첫 시간에는 반드시 음악 감상의 중요성에 대해 역설한다. 그리고 그것이 선생이라면 으레 할 만한 허울뿐인 말이 아니라는 것을 증명하기 위해 '뮤직 DNA'를 내민다. 이 나이 먹도록 여태껏 생활화하고 있다는 것을 솔선수범의 의미로 보여준다. 꽤나 큰 숫자를 보고는 잠시 포커페이스를 짓더니 본인은 한 곡에 꽂히면 반복해서 듣는 스타일이라고 반격하는 이들이 종종 있었다. 그러나 그것은 내가 한 곡을 그리고 곡의 특정 구간을 얼마나 반복해서 듣는지 모르고 하는 소리다. 특정 곡들에 있는 총 감상 횟수를 본다면 아마 눈이 휘둥그레질 것이다. 어떤 것을 엄청 많이 했을 때 '수천 번 수만 번'이라는 관용적 표현으로 강조하는데, 나는 진짜로 수천 번 수만 번을 들은 곡들이 있다. 반복해서 듣지 않았다면 지금쯤 저 숫자는 십만이 아니라 수십만이 되었을 것이다.

7.

음악가가 지녀야 할 자질 중에 으뜸이어야 하는 것은 좋은 음악을 만들고 연주하는 능력이 아니라고 생각한다. 그보다 더 중요한 것은 이 음악 저 음악에 대해서 신나서 게거품을 물면서 날이 새도록 열렬하게 떠들어 댈 수 있는 순수한 열정이라고 생각한다. 물론 업이 된다는 것은 또 다른 국면에 들어서는 것이므로 이렇게 순진한 소리를 하고 있을 때가 아닐 수도 있다. 하지만 음악을 하고 있는 누구나 어느 순간에 갑자기 음악을 만들고 연주하는 사람이 된 건 아닐 것이다. 돌이켜 보면 그 시초에는 그저 음악을 듣는 것만으로도 들끓는 환희로 주체할 수 없었던 저마다의 풍경이 고스란히 남아 있다. 이게 다 내가 수많은 명곡을 발표하면서 왕성하게 활동하는 전업 아티스트가 아니니까 하는 소리지만 말이다.

8.

나 스스로에게 '음잘알' 지수를 백분율로 어느 정도로 생각하는지 자문한다면 1%에도 한참 못 미치는 정도인 것 같다. 10만 곡 감상을 달성했다고 버젓이 자랑하고 있는 마당에 괜한 겸손을 떠는 것 같겠지만 진심이다. 현재 멜론이 보유하고 있는 음악이 약 4000만 곡이라고 한다. 앞으로도 음악을 들으며 나아가야 할 길이 무궁무진하게 펼쳐져 있다. 겨우 10만 곡쯤 들었다고 근질근질하게 달뜬 마음은 이 글을 끝으로 잠재우기로 한다. 나는 다시 현장으로 돌아가 듣고 또 듣고 또 듣고 또 듣고 또 듣고 또 듣겠다.

9.

만일 눈과 귀 중에 단 하나를 선택해야만 하는 상황에 봉착한다면 역시 나는 눈을 선택할 것이다.

×

나는 나이다

내 삶을 이끄는 주체는 '나'인가? 아니다. 나의 '나이'다. 위버멘쉬적인 걸출한 의지가 아니고서야 보통의 삶은 마음대로 살아지지 않고 나이대로 살아진다. 무엇보다도 마음 자체가 초지(初志)로부터 자꾸만 멀어지게 되는 물리적 필연을 경험하게 되면서, '마음대로'라는 높은 의기(意氣)의 자의적 정열 또한 필히 사그라지는 것을 알게 된다. 아무리 초지(初志)를 복구하기 위해 노력하고 다짐해 본들 결코 처음과 같아질 수는 없다. 나이는 숫자에 불과한 것인가? 아니다. 숫자는 삶을 송두리째 쥐고 흔들 만큼 무서운 것이다. 숫자는 나를 규정하고 내가 살고 있는 나이에 따라 일종의 '에피스테메'를 형성한다. 지독한 현실처럼 불어난 못생긴 숫자 앞에서 나는 이제껏 지난 나에 불과하고 어지간한 것들은 이제 불가하다는 것을 알게 되었다.

×

자기 최악

현재 맞닥뜨린 자기의 상황을 최악이라고 단정 짓고 쉽게 절망에 빠지거나 포기하지 마십시오. 모르긴 몰라도 다음번에는 지금보다 더 최악이 기다리고 있을지도 모릅니다. 그러니 다 끝난 것처럼 미리부터 힘을 빼지 않는 것이 좋습니다. 어련히 세상은 우리에게 더 나빠질 수 있는 또 다른 기회를 줄 것입니다. 그러므로 현재의 고난을 과대평가하지 마시고, 미래의 고난을 과소평가하지 마십시오. 최악 중에 최악에 사는 것 같아도 분명 최악은 아닐 것이므로 다가올 더 멋진 최악을 염두에 두고 그냥 그때그때를 어떻게든 살아 내는 것이 더 좋겠습니다.

×

사랑해

길고도 짧은 인생을 하루하루 지지고 볶으면서 이리저리 흔들리며 어지럽고 피곤하게 살아가지만, 끝끝내 풀 수 없을 것 같은 인생의 비밀스러운 정답을 찾기 위해, 아니, 인생길에 있어 옳고 그른 것이 따로 있는 것은 아니므로 저마다의 인생을 개성적인 논술형으로 뿌듯하게 채울 수 있도록 만들기 위해, 아무튼 때때로 인생의 목적(목적이라는 게 특별히 있어야 하는 거라면)이 무엇인지에 대하여 탐색하기도 하고 왜 사는 것인지 때늦은 회의를 품기도 하지만, 사실 인생이란 의외로 아주 단순한 것인지도 모른다. 사랑한다고 말할 수 있는 존재를 곁에 둘 수 있고(이게 어려운 것이지만), 그 존재를 향해 사랑한다는 말 한마디를 인생의 목적인 것처럼 용기 있게 건넬 수 있으면 그만인 것(이건 더 어려운 것이지만). 도대체 이토록 하찮고 소중한 우리의 인생에 '사랑' 말고 뭐가 더 있을까 하는.

물론 단순함을 추구하는 것이 사실 또 제일 어렵다는 게 인생의 아이러니지만, 나처럼 이제는 많이 뒤틀린 검은 인간도 이 노래*의 인트로에 예나 지금이나 꾸준히 눈물이 나는 것을 보면.

*MC몽 - 죽도록 사랑해 (Feat. 박정현)

X

특별한 날

"야, 이것 봐라. 너무 예쁘지? 이건 특별한 날에만 진짜 아껴서 신을 거야!"

녀석이 새 나이키 운동화를 자랑하면서 말했다.

"그렇구나. 그럼 매일 신어야겠네. 나는 매일매일이 특별한 날이라고 생각하거든."

지금 생각해 보면 흡족해서 들떠 있는 사람 무안하게 괜스레 찬물을 끼얹은 게 아닌가 싶기도 하다. 중학생 때였다. 친구의 새 신발이 부러워서 어린 마음에 심술을 부린 건 전혀 아니었다. 단지 나는 특별한 날이라고 하는 말이 조금 이상하게 들렸다. 특별한 날이 특별한 날로서 따로 존재한다는 것은 어떤 의미이고, 특별한 날과 특별하지 않은 날을 가르는 기준이 무엇인지에 대해 의아해했다.

물론 보기에 따라서는 명언 페티시적인 과격한 주장일 수도 있었다. 아무리 보통날의 면면을 낱낱이 들추어 소중한 의미를 동등하게 찾고 마땅히 그렇게 여기면서 살 수 있다고 해도, 결혼하는 날과 같이 특별한 날은 분명 특별한 날이고 1월 1일은 이상하리만큼 전날과는 완전히 다른 새날로 느껴지기 때문이다.

돌이켜 보면 그때부터 나는 경거망동하거나 깝죽대거나 유치하게 군다거나 허세를 부리는 것에는 체질적으로 영 흥미가 없었던 것 같다. 어쩌면 나는 일종의 소크라테스식 말꼬리 잡기처럼 말의 의미와 본질을 추적하고 매사에 깊고 진지하게 사고하기를 즐겼었던 것 같다.

그래서, 도대체 지금 나에게 남은 게 무엇인지 스스로에게 묻는다면 잘 모르겠다. 적당히 깊고 진지하게 사고할 줄 아는 소년인 척 좀 하면 뭐 하나쯤은 명확하게 정의할 수 있는 훌륭한 어른이 되는 것인가 싶었는데 제대로 정의된 것이 아무것도 없다. 매일매일 특별한 날이라고 야무지게 말하던 나는 가만 보면 참 보통이 아니었다. 그러나 어느덧 나는 보통이 아닌 인간이 아닌 보통 이하의 인간이 되었다.

X

결혼 I

만나면 헤어지는 그 순간이 너무나도 아쉬워 자꾸만 힐끗 뒤돌아본다. 그러면서도 아쉬움이 자아내는 묘한 행복감과 안도감이 부드럽게 감싼다. 잘 들어갔어? 오늘 너무 즐거웠어. 피곤할 텐데 얼른 푹 자고 내일 또 연락하자. 방금 봤는데도 또 보고 싶다. 퇴근 카드에 사인하듯 달콤하고 친절한 말들을 기재하고 개운한 마음으로 잠자리에 든다.

이와 같이 사랑의 행복은 일정한 거리를 두고 출퇴근하면서 아쉬운 듯 살 때가 가장 좋다. 그 고비를 넘기지 못하고 '우리 이렇게 맨날 떨어지는 게 너무 아쉬우니까 그냥 같이 살까?'라는 제안과 함께 결혼하는 순간 고통은 시작된다. 행복의 전성기에서 쾌락에 흠뻑 취하게 되면 판단력이 흐려지게 마련이다. 하지만 웬만하면 쾌락의 한복판으로 마저 뛰어들지 않는 것이 좋다. 게다가 미치지도 않았는데 그냥 의무적으로 하는 거라면 더욱이 하지 않는 편이 낫다. 영원히 지속될 것 같지만 욕망과 쾌락의 끝엔 반드시 갈등과 권태가 뒤따른다. 그러므로 조금 아쉽더라도 미완의 언저리에서 맴도는 것이 더 아름답고 넉넉하다. 불안과 미련은 나와 세계의 틈을 풍요롭고 윤택하게 이어주는 훌륭한 연결 고리다.

물론 친구처럼 장난치듯 그럭저럭 연애 시절과 비슷한 마음으로, 그러나 혼인 신고서를 작성하고 법적 부부가 된다는 것의 웅장한 무게감과 책임감으로, 경우에 따라서는 아이도 낳아 영원으로의 결속이라는 보험을 함께 들고, 한 가족이라는 울타리 안에서 알콩달콩 때로는 부대끼며, 출퇴근하는 사랑은 감히 넘볼 수 없는 고단하게 빛나는 사랑의 역사를 쓰고, 어찌어찌 세월을 지나 온 황혼녘의 길에서도 그 언제인가 50년 전쯤 SNS에서 봤던 낭만처럼 서로 아직까지 손을 맞잡고 한가로이 거니는 노부부의 뒷모습으로, 이 정도면 우리 참 잘 살았소, 관조적이고 유유한 마음으로 사랑의 훈장을 찬찬히 매만져 보는, 파스텔 톤의 풍경화를 그리며 잘 살아간다면 뭐가 문제겠냐마는,

매해 십만 건 이상의 이혼 건수, OECD 가입국 중 상위권의 이혼

율, 어지러운 간통과 치정을 보고 있으면, 그들이 결혼 생활의 판타지와 인생의 청사진을 내걸고 결혼식장에서 외치는 호기로운 서약은 모두 다 연극인 것만 같다. 언제 만났어도 기필코 하고야 말 진짜 사랑이 맞는 것인지, 아니면 적령기에 만나고 있으니 애써 마지막 사랑이라고 포장하고 그렁저렁 인륜지대사에 복종하게 되는 것인지. 행복과 쾌락의 전성기에 취해 저지르는 오판이거나 제 딴에는 진심이었다고 해도 감식이 제대로 이뤄지지 않은 딱 자기 수준의 진심이었거나. 결혼은 사랑의 완성이 아니라 또 다른 시작이고, 결실이 아니라 과정이고, 환상이 아니라 현실이라는 사실의 무게를 머리로는 아는 척하지만 그저 말뿐으로 여기고 가볍게 간과하는 것이다.

이 꼴 저 꼴 다 보면서 갈등이든 권태든 갈등이든 뭐든 겪으며 그것을 숙명으로 여길 수 있다면 기꺼이 결혼의 소용돌이 속으로 뛰어들면 된다. 그리고 끝나지 않을 것만 같은 전성기를 붙잡고 늘어지면 된다. 어찌 보면 사랑도 인생의 그래프가 의당 그러한 것처럼 희로애락, 생로병사, 길흉화복, 흥망성쇠의 과정을 맞이하면서 사는 것이 순리일 수도 있을 테니 말이다. 그게 아니라면 욕망과 쾌락의 절반은 항상 미루다시피 하는 것이 좋다. 절반 정도를 만끽함으로써 미완의 만족감을 즐겨야 한다. 헤어지는 그 밤의 아쉬움을 견

떠내야 하고, 자기만은 백년해로가 가능할 것 같다는 믿음에 대한 유혹을 떨쳐 내야 한다. 가급적이면 덜컥 결혼하기보다는 영원한 이별을 통해 완수하지 못한 사랑의 진한 아쉬움을 두고두고 기억하고 곱씹는 재미를 맛봐야 한다. 자신의 사랑만큼은 제도권과 세월의 리스크를 초월할 수 있고, 언제나 활황을 띤 예쁘고 생기 있는 모습으로 아무런 흠집도 생기지 않을 것이며, 가슴에 새긴 로맨틱 영화 속의 분홍빛 엔딩처럼 영원히 이어질 거라는 환상을 버려야 한다.

×

그때는 좋았지만 지금은 별로인 건에 대하여

영화, 문학, 음악 등 예술 작품을 통해 인식-분석-비교-판단의 종합적인 과정을 반복해서 고찰하다 보면 심미안과 감식안을 가지게 된다. 또한 반드시 그러한 일련의 예술적 훈련 과정을 거치지 않더라도 나이가 들고 인생의 다양한 경험을 축적하다 보면 판단의 수준이 한층 보강되기도 한다. 그렇게 제법 자라난 안목이나 연륜은 때때로 사람을 우쭐거리도록 만든다. 그리하여 지난 시절에 만났던 작품들에 대한 감상을 쉽게 재평가한다.

'분명히 당시 명작이라고 알고 있었는데 지금 보니까 잘 모르겠어요.'

'2004년 때는 몰라도 지금 봤을 때 명작은 아니다.'

특히 과거에는 긍정적이었던 평가가 부정적으로 바뀌는 경우가

용이하다. 왜냐하면 지나간 것들은 사소한 것으로 전락하고 당시의 감흥 역시 희미해지기 때문이다. 더불어 각 시대상을 고려하지 않은 채, 나와 세계가 모두 업데이트된 현시점을 기준으로 판단하는 우를 범하기 때문이다.

그러나 작은 나를 흔들고 뭉쳐 자라나게 했던 그때의 조각들을 이제 와서 사소한 부스러기로 취급하는 것은 못내 아쉽다. 지금의 나는 어느 순간 덜컥 만들어진 것이 아니다. 지나온 길목마다 뜨겁게 마주치며 영향을 받은 무수한 각성의 표지판들이 있었기에 지금의 내가 여기에 서 있는 것이다. 설령 표지판의 유용성에 따른 기억과 효력의 차이를 인정하더라도 결국 모두 나를 만든 의미가 되어 준 것이다.

선뜻 나 자신보다 과거를 얕보지 않았으면 좋겠다. 그때 느꼈던 기쁨과 작품에 대한 공경심보다 내가 훨씬 더 커진 것만 같은 오만에 빠지지 않았으면 좋겠다. 불꽃이 일던 순간을 과소평가하지 않았으면 좋겠다. 내가 커져서가 아니라 단지 멀어져서 작아 보이는 것이니까. 나에게 감화를 주었던 그 모든 것들은 여전히 그때 그 순간에 어린 나와 함께 남아 쉬지 않고 식지 않고 반짝거리고 있다.

X

그럴 사람 안 그럴 사람

"그 사람은 절대 그럴 사람이 아니에요."

그 말은 맞는 말인가. 살인자의 지인을 인터뷰한 그 말의 타당성을 떠나서 일단 나를 보면 충분히 아닌 것 같다. 그리고 맞고 틀리는 문제에 앞서 사실은 알 수 없는 것이다. 세상에는 절대 그럴 것 같지 않은데 그러는 사람이 있고, 절대 그럴 것 같은데 그러지 않는 사람도 있다. 애초부터 그럴 것 같다거나 그럴 것 같지 않다거나 하는 식의 판단은 모두가 허상에 불과하다.

이미지는 이미지일 뿐이다. '관상은 과학'이라는 말은 범죄자들이나 행실이 부도덕한 사람들 중에 유독 인상과 느낌이 불쾌한 사람들만 포착하여 일반화하는 귀납 논증의 오류이다.

부정적인 마음가짐과 막된 행태로 삶을 막 대하면 긴 세월 동안 축적되고 반영되어 후천적 인상으로 구체화된다는 말이 있다. 이 말 역시 인과성이 부족하다. 그리고 생득적 의미의 '관상은 과학'이라는 말과도 배치된다.

인간이라면 누구나 긍정적 효용으로든 부정적 효용으로든 사회적 가면으로써의 어떤 표정과 말투와 태도를 착용하고 산다. 그것들로부터 완전히 자유롭기는 거의 불가능하므로 표면적인 사항들만으로 쉽게 단정 지을 수 없다.

무엇보다도 인간의 면모는 다면적이고 복잡다단한 것이지 결코 단면으로 이뤄져 있지 않다. 그럴 사람과 안 그럴 사람이라는 딱 어느 한쪽에 치우친 양상으로 존재하지 않는다. 만약 누군가가 계속해서 착하고 좋은 쪽으로만 용케 머물러 있다면, 그것은 그가 아직 나빠질 기회를 얻어 보지 못했기 때문이다. 인간은 상황이라는 해파 앞에서 이리저리 흔들리고 떠밀리는 연약한 나룻배일 뿐이다.

물론 이 모든 것들이 비과학적이라고 해서 아주 터무니없는 것으로 치부될 수만은 없다. 선천적 관상, 후천적 인상, 말투와 태도, 각종 이미지와 행동 양식을 통해 한 인간을 예측하고 재단하고 규정하는 것은 인간의 오랜 특성인 '범주화하기'에 기반한 전략적 도구이기 때문이다. 대략적으로라도 범주화하는 것이 가능하고, 또 지금까지 구전되어 활용되고 있다는 것은 그만큼 상당하고 밀접한 연관성을 가지고 있는 것이라고 할 수도 있다. 그래서 보통 이미지로 정답을 구하고 '관상은 과학'이라는 말까지 나오는 것이겠지만, 현대적 쓰임새에 있어서 그 말은 실질적 진위를 판단하기 위함이라기보다는 유희적 도구이자 입버릇에 가까운 유행어에 가깝게 느껴진다.

"그 사람은 절대 그럴 사람이 아니에요."

그 말은 맞거나 틀린 말이 아니라 애써 믿는 말이다. 그런데 뭐 어쩌겠는가. 살려면 믿고 싶은 대로 믿지 않고서는 별다른 방도가 없다는 것을.

X

문신을 떠나보내고

사실 따지고 보면 몸뚱이에 덕지덕지 걸친 문신이란 메이크업, 헤어스타일, 패션, 액세서리와 같이 자기표현을 위한 하나의 수단일 뿐이다. 그런데 나는 타인이 어떤 스타일을 하든지 신경을 쓰지 않으면서도 유독 문신만큼은 혐오와 적개심을 느낀다. 그것은 문신의 최전선에서 활개치고 다니는 조폭과 양아치에게서 받은 영향이다. 문신을 했다고 해서 무턱대고 싸잡아 싫어할 리는 없다. 오히려 나는 저스틴 비버나 포스트 말론을 봐도 아무렇지 않기 때문이다. 그들이 나에게 해를 가하지 않을 것이라고 여겨지는 신원이 확보된 까닭이다. 결국 문신 그 자체가 아니라 하나의 인간상이 싫은 것이다. 문신이 있다고 해서 반드시 양아치는 아니지만, 순도 100의 양아치라면 십중팔구 문신이 있다. 그러니 문신을 보면 얼굴을 구길 수밖에. 이러한 추론은 과학으로 채택되어도 그다지 무리가 없다.

문신들과 스쳐 지나갔던 순간들을 떠올려 본다. 그들이 내 시야에 들어온 순간 나는 일순에 자세를 가다듬고 적을 감지한 복어처럼 어깨를 한껏 부풀리고 가슴을 쑥 내민다. 기본적으로 키는 183cm에 체격도 큰 편이므로 이만하면 꿀리지 않을 거라고 생각한다. 그리고 절대 겁먹지 않았다는 것을 드러내야 하므로 시선을 거두어 핸드폰 화면에 고정한다거나 먼 산 보듯 딴청을 피우는 일은 없도록 한다. 오히려 지그시 한번 응시하는 여유를 보인다.

이윽고 스쳐 지나가는 교차점에서 '뭘 꼬나보냐'라고 하는 일촉즉발의 상황은 벌어지지 않는다. 나는 문신을 뒤로한 채 다시 나의 길을 의연히 걸어간다. 그리고 생각한다. '역시 문신 앞에서도 굴종하지 않는 꿋꿋한 나의 위세는 스스로 보기에도 퍽 당당한 것이었다.'라는 자평으로 고취되기는 개뿔, 자괴감이 엄습한다. 나 혼자 그들을 의식했고 나 혼자 그들과 싸웠으며 나 혼자 그들을 떠나보냈다. 그야말로 의식적 섀도복싱이었다. 아마도 진정한 강자는 의식을 한다는 의식조차 하지 못할 것이므로 어떠한 마음의 동요도 없었을 것이기 때문이다.

징역살이의 가능성을 흔연히 열어 둔 채 무법을 일삼는 문신이라 할지라도 우주 만물의 조화 속에 불가결한 존재임에는 틀림없다. 그러나 부디 나의 사정권에 들어와 나의 신경을 거스르게 하는 일은 좀 없었으면 좋겠다. 나의 나체를 마주하게 되는 것, 지레 겁먹은 나의 나약함과 지질함을 자각하게 되는 것은 이토록 유쾌하지 않다. 실상 그들은 죄가 없었고 나의 의식만이 나를 옥죄었다. 꼭 Y존과 볼기짝을 도드라지게 드러내고 다니는 레깅스같이 잠자코 있는 나를 주눅 들게 하는, 기어코 의식하게 만들고 의식하고야 만 하찮은 나 자신을 깨닫게 하는, 그런 문신들이 나는 밉다.

X

품평의 자격

-당신은 이만큼이라도 할 수 있고 평가하시는 건가요?

-당신이 한번 해보시든가요!

범작이나 태작에 대해 별로 좋은지 잘 모르겠다고 의견을 개진하면 아주 눈에 불을 켜고 달려든다. 그러고는 그럼 네가 한번 해보라며 쏘아붙인다. 정말 유치하고 가슴이 답답해지는 무논리 공격이다. 그들의 말대로라면, 그만큼 할 수 있고 그보다 더 잘할 수 있으면 마음 내키는 대로 평가할 수 있는 자격이 생기는 것인가. 자격이 있는 사람이 심드렁한 반응을 보이면 잠자코 입 다물고 고분고분 들을 것인가.

그다지 잘 모르겠다는 댓글을 향해 굳이 그런 말을 왜 하는 것이냐면서 다그친다. 아고라에 전세를 냈다고 생각하는 모양이다. 아니, 왜 굳이 쓰면 안 되는 것인지 오히려 되묻고 싶다. 하도 칭찬 일색인 분위기를 형성하고 실제 가치보다 터무니없을 만큼 과장하여 우상화 작업이 이뤄지길래 의아와 경종을 담아 반대 의견을 낸 것 같아 보이는데. 그리고 원색적 언어를 쓴다거나 과격하고 신랄한 비판을 무자비하게 한 것도 아닌데 말이다.

듣고 싶은 말만 듣고 믿고 싶은 것만 믿는다. 자신들의 쾌적한 기분만 가져다가 담을 쌓고 성역화한다. 그리고 그 구획선을 침범하는 것들은 모조리 오염으로 여긴다. 반대 의견은 결코 허용하지 않으며 자신들의 판단과 감상만을 정답으로 추대하고 전횡을 휘두른다. 그러한 가운데 만약 딱히 안목이라고 할 만한 게 없는 사람들이 그곳을 지나가게 되면 비정상적인 호평의 독재와 반강제적인 분위기에 휩쓸리게 된다. 그러면 결국 솔직한 개인적 감상은 얼른 거두어들이고 쉽게 동조하고 마는 것이다. 독재적 판세는 독자적 판단을 집어삼킨다.

무엇보다 당장 본인들도 소비자이자 감상자이자 관찰자로서 일상의 순간순간마다 각종 재화와 작품과 대상을 두고, 좋다-나쁘다, 잘한다-못한다, 아름답다-추하다, 재미있다-재미없다, 맛있다-맛없다, 잘생겼다-못생겼다, 크다-작다, 빠르다-느리다, 싸다-비싸다 등늘 나누고 비교하고 평가하면서 살고 있다는 것은 싹 잊는다. 그러면서 유독 자기 입맛에 맞는 영역에서 자기의 기분만큼은 소중하게 지켜야 한다는 듯 반대자를 정신 이상자나 무지자로 취급한다. 내로남불과 맹목적 찬양은 심각한 정신병이다.

아, 물론 나는 그들의 잔치에서 반기를 들어 댓글을 쓰지 않는다. 아, '않는다'가 아니라 '못한다'가 맞겠다. 감히 평가할 자격 따위는 없는 사람이니까.

×

2014년 10월 27일

며칠째 그가 혼수상태로 병석에서 사경을 헤매고 있다는 기사를 접했다. 그러나 나는 그때까지만 해도 상황을 그다지 심각하게 받아들이고 있지 않았다.

'에이, 설마…….'

당연히 금방 깨어날 거라고 믿었다. 그리고 짐짓 태연하게 여상한 일상을 일궈 나갔다.

그날도 나는 저녁 늦게 일을 마치고 지하철에 몸을 실었다. 지하철 안은 사람들로 붐볐다. 간신히 자리 하나를 차지하고 앉았다. 습관처럼 핸드폰 화면에 시선을 고정하고 일주문에 들어서듯 네이버 창을 열었다. 실시간 검색어에 눈이 갔다. 낯설 리 없는 그의 이름이 보였다. 그는 당당히 실시간 검색어 순위 1위에 올라 있었다.

순간 나는 마치 실시간 검색어에서 송해 선생의 이름을 볼 때처럼 가슴이 철렁하게 내려앉았다. 불안감이 훅 엄습했다. 그런데 곧바로 긍정적인 생각으로 급선회하였다.

'드디어 깨어났구나.'

짧게 심호흡을 한 번 내뱉고 그의 이름 위에 천천히 손가락을 가져다 대었다.

신. 해. 철. 끝. 내. 사. 망.

이미 수많은 기사들이 북적이고 있었다. 머릿속이 일순간 정지되는 듯했다. '신해철'과 '사망'이라는 도저히 양립할 수 없을 것 같은 두 낱말이 결합하여 도도한 현실로 버젓이 박혀 있었다. 갑자기 현기증이 일렁이면서 불가항력적인 눈물이 왈카닥 솟구치기 시작했다.

'아, 여기서 이러면 안 되는데…….'

워낙에 공공장소에서의 행동거지를 단속하고 타인을 의식하는 데 일가견이 있는 나였기에 무척이나 곤혹스러웠다. 어떻게든 체면을 지키기 위해 끈질기게 밀고 올라오는 눈물을 꾹꾹 눌렀다. 눈가는 벌써 촉촉하게 젖어 있었지만 그렇다고 아주 통곡할 수는 없는 노릇이었다. 신해철의 부고와 사회적 체면의 기로에서 이러지도 저러지도 못하고 꼼짝없이 지하철에 묶여 있었다.

귀신에 홀린 듯 술집에 혼자 들어간 것은 그날이 처음이었다. 지금이야 언제 어디서든 능숙하게 '혼술례자'의 길을 걷는 사람이 되었지만, 그때까지만 해도 혼자서 술을 마신다는 것은 따로 생각해 본 적이 없는 낯선 일이었다. 그런데 그의 부고를 안고 집으로 오는 내내 가슴이 터질 것만 같아서 도무지 주체할 수가 없었다. 미봉책일지라도 우선은 슬픔을 대신하여 삼킬 수 있는 술이 필요했다. 불현듯 타오르는 그리움으로 갈급한 마음을 서둘러 달래야만 했다.

집 근처에 있는 아무 술집으로 얼른 들어갔다. 극렬하게 물을 갈구하는, 영화 '연가시'의 등장인물처럼 급히 소주를 시켰다. 더불어 어떤 안주를 시켰는지는 여태껏 기억이 나지 않는다. 소주 몇 잔을 단숨에 쭉 비웠다. 그리고 음악 앱을 열어 그의 음악들을 재생목록에 차곡차곡 담았다. 잊고 지내던 옛사랑을 상기하듯 그의 음악 이모저모를 다시금 살펴보았다. 처음 듣는 음악인 것처럼 새삼 긴장되면서도 설레었다. 분명 수십 번 수백 번 들었던 음악인데도 처음 들었을 때보다 훨씬 더 새롭게 느껴졌다. 예술가의 죽음은 그의 작품에 그가 미처 더하지 못했던 새로운 의미의 생명력을 부여했다. 그는 음악의 절반만을 만든 것이었다. 그리고 그 음악을 더 새롭게 만들어 나가는 건 그가 아니라 그의 부재였고, 그의 음악을 듣는 각각의 사람이었다.

친구에게서 전화가 왔다. 수화기 너머로 처량한 울음소리가 들렸다. 우리는 두말할 것 없이 당장 만나기로 했다. 전화를 끊자마자 부리나케 술집을 나와 택시를 잡았다. 술로 미처 달래지 못한 마음에 필히 동병상련이라는 처방이 필요했다.

우리는 각자 눈이 퉁퉁 부은 채로 상봉했다. 만나자마자 닥치는 대로 아무 술집으로 들어갔다. 마시고 울고 또 마시고 울었다. 어떻게 이런 일이 있을 수 있냐고 울분을 토했다. 그렇게 울고 마시며 치열하게 뒤엉키다 보니 어느새 슬픔이 완화되었다고 착각할 만큼 취해 버렸다. 술집에서 나와 거리를 어슬렁거렸다. 어디를 갈지 잠시 고민하던 우리는 평소 취했을 때 즐겨 가던 단골 LP 바에 가기로 했다.

꽤 늦은 새벽이었다. 반신반의하면서 지하로 통하는 계단을 내려갔다. 가게에 들어서며 쓱 둘러보니 손님은 한 명도 보이지 않았다. 어둑어둑 텅 빈 바에 사장님이 어슴푸레 보였다. 마감 시간이 임박한 풍경이었다. 조심조심 다가가 인사를 건넸다.

-사장님, 안녕하세요. 오랜만이에요.

그는 짧은 고갯짓으로 응대했다.

-영업 끝났나요?

그의 대답을 듣기도 전에 나는 곧바로 이어서 말했다.

-사장님, 신해철이 죽었어요…….

그는 나를 그윽하게 응시하더니 건조하면서도 짙은 목소리로 대답했다.

-그래…… 들어와.

그는 이내 가게 문을 닫았다. 우리들은 본격적으로 술을 들이켰다. 연이어 흐르는 신해철의 음악을 안주 삼아 술에 젖고 음악에 취했다. 때때로 어떤 음악에는 목놓아 따라 부르기를 서슴지 않았다. 어느 누구 하나 우는 사람은 없었다. 오히려 축제를 방불케 할 정도의 뜨거운 환희로 타올랐다. 어쩌면 그의 음악은 그의 죽음과 우리들의 삶을 초월한 것 같았다. 그것이 내가 기억하는 그날의 마지막 장면이다.

×

자궁

세상에서 제일 안전하고 본능만이 도사리던 곳. 되돌아가고 싶은 시간 중에 으뜸이지만 전혀 기억이 나지 않아서 다행인 곳. 그러나 깊숙이 자리 잡은 무의식은 타자의 세계에 자기를 끼워 맞추기 위한 물리적 발악을 통해 끊임없이 그 기억을 추적하고 복원하도록 만든다.

맨몸 운동

길을 잃은 것 같은 기분에 휩싸여 갈팡질팡할 때가 있다. 무엇을 해야 할지는 모르겠고 이렇게 발만 동동 구르다가 시간에 추월을 당할지도 모른다는 조급함이 생긴다. 그러다가 결국 의미와 기능까지 잃어버리는 것은 아닐까 하는 두려움도 뒤따른다. 그러므로 아무것도 하지 않고 있는 정체 상황의 불쾌감을 타개해야만 한다. 그저 뭐라도 함으로써 다소간이라도 보람찬 기분에 사로잡힐 수 있어야만 한다. 그것이 중요한 일인지 의미 있는 일인지 생산적인 일인지는 별로 중요하지 않다.

역시 가장 좋은 것은 운동이다. 그중에서도 집에서 하는 맨몸 운동이다. 종목, 장소, 날씨, 파트너, 준비물 따위의, 결심에서 실행으로 옮기는 과정에 방해되는 요소가 전혀 없기 때문이다. 자기 몸

하나를 일으키는 큰 결심을 했다면 이제 스쾃을 하면 된다. 스쾃을 하는 데 성공했다면 또 다른 동작들도 하나둘씩 추가해 나가면 된다. 그렇게 땀을 송송 흘리고 나면 상쾌한 기운이 확 돌아 다시 살 수 있을 것 같은 기분이 든다. 무엇보다도 나름대로 열심히 산 것 같은 뿌듯함까지 더해진다. 그게 바로 운동의 장점이자 단점이다.

X

이유를 불문하고

물론 잘못한 건 백번 맞지만, 가만 생각해 보니 참작될 만한 나름의 사정이 아주 없는 것도 아니고, 이대로 마냥 욕먹고 뭇매를 맞기에는 조금 억울하므로, 그 점을 시사하기 위해 최후의 보루로 슬쩍 끼워 넣는 말.

사과문을 쓰는 인간들은 제발 이유를 불문하고 '이유를 불문하고'를 좀 쓰지 않았으면 좋겠다.

X

음악 감상가 (Explicit Ver.)

올해 멜론에서 4,511시간 동안 5,164명의 아티스트와 19,627곡을 감상하고 있습니다.

멜론 연감에 의하면 내가 작년 한 해 동안 음악 감상에 쓴 시간은 4,511시간이었다. 물론 오로지 음악 감상을 위해 엉덩이를 붙이고 앉아 있던 시간만을 의미하는 것은 아니다. 씻고 나갈 준비를 할 때, 버스에서 지하철에서 거리에서 이동하는 모든 순간에, 커피숍에

서 각 잡고 음악 공부를 위해, 운동을 하러 나선 밤거리와 한강에서, 글을 쓰면서, 술을 마시다가 문득 그리워지면, 그리고 잠들기 전 머리맡에 놓은 꿈결처럼, 하루 곳곳에서 환경으로 듣고 학업으로 들던 모든 시간들의 합산인 것이다.

거기에다가 2020년 기준 시간당 최저 임금인 8,590원을 적용하여 계산해 보니 38,749,490원이 산출되었다. 그러나 단순히 감상을 위해 음악을 듣는 행위는 노동에 근거한 경제 활동에 해당되지 않으므로 나에게는 아무런 금전적 대가가 없었다.

나는 지금 사천만 원 상당의 돈이 부러워서 하는 말은 아니다. 또한 엄청난 시간을 할애하고 있는 나의 주체적 감상 행위가 수익으로 직결되지 못하는 점을 못내 아쉬워하는 것도 전혀 아니다. 감상자로서 보고, 듣고, 읽고, 느끼며 얻는 기쁨이란 결코 돈으로 책정될 수 없는 것이기 때문이다. 대관절 사천만 원이라는 금액이 가당키나 하단 말인가. 그럼에도 돌연 행한 계산이라는 외도의 바탕에는 감상자로서 겪는 피로감이 있었음을 고백한다. 하루에 50곡 내지 100곡을 수 시간에 걸쳐 감상하고 있다 보면 엉덩이가 배기고 눈두덩이 욱신거리고 뇌가 얼얼해지기 때문이다. 그러면 위태로운 그 경계선에서 최초의 의미와 본질은 망각한 채 느닷없이 감상의 노동적 가치를 돈으로 환산해 보는 오늘의 유치한 지점에 이르렀음을 고백한다.

불가능한 줄 알면서도 세상에 존재하는 아름다운 음악을 전부 추적하고 향유하고자 하는 나의 탐미적 욕망은 여전히 식을 줄 모른다. 늘 그래왔듯 내가 진정으로 두려운 건 나에게 돈이 없어서 미처 누리지 못하고 갈 물질적 풍요와 쾌락에 대한 것이 아니다. 다만 나에게 교양과 안목이 없어서 미처 누리지 못하고 갈 예술적 풍요와 쾌락에 대한 것일 뿐이다.

나는 존재한다. 고로 나는 듣는다.

X

단수(斷水)

아파트가 준공된 지 거의 50여 년이 다 되어 가다 보니 자잘한 공사가 뜨문뜨문 있다. 그중에서도 특히 수도와 관련하여 단수되는 일이 연례행사처럼 몇 번씩 있다. 주민들 모두가 어느 정도 불편을 겪는 것은 매한가지일 테지만, 나는 유독 단수 공고를 맞닥뜨리면 신경이 쓰인다.

내가 씻고 준비하는 데 걸리는 소요 시간은 약 1시간 15분 정도이다. 그 일련의 과정은 상당히 철두철미하다. 보통의 사람들과 비교했을 때 눈에 띄도록 유난스러운 면이 있다.

우선 나는 그날그날 새로이 씻지 않고서는 절대로 밖에 나가지 못한다. 그리고 '씻는다'의 디폴트는 무조건 샤워이다. 나에게 씻는다는 것이란 샤워기로 물줄기를 맞으며 양치질을 하고, 샴푸를 하고, 세안을 하고, 몸을 씻고, 면도를 한 다음, 몸보다 더 깊은 곳에 허물과 후회로 덕지덕지 잔재하고 있는 어제를 폐기하고 오늘의 몸을 새롭게 재건하는 기분을 느끼기 위해 얼마간은 물을 맞고 있어야 하는 정화 의식의 총칭이다.

(수도료를 아껴야겠다는 생각은 늘 가지고 있다…….)

그래서 나는 간밤에 세팅 철회를 위한 샤워를 했음에도 불구하고 익일 외출 시 위에 열거한 전 과정을 고스란히 되풀이한다. 계절에 관계없이 하루에 꼭 두 번은 샤워를 하는 셈이다. 보통의 무던한 사람들이 간밤에 샤워를 했다면 그다음 날에는 간단히 세안과 양치질만으로도 외출이 가능하다는 것을 알기에(나 역시 그것이 표준이라고 생각하기에) 스스로를 두고 유난스럽다고 자평하는 것이다.

씻은 후의 과정도 유난스럽기는 마찬가지다. 나는 세팅하지 않고서는 절대로 밖에 나가지 못한다. 나에게 세팅한다는 것이란 몸과 머리를 보송하게 드라이하고, 비비 크림을 꼼꼼하게 바르고, 왁스와 스프레이로 머리를 단단하게 고정시키고, 옷과 안경을 단정하게 착용하고, 향수를 상냥하게 둘러야 하는, 가면(persona) 제작 과정의 총칭이다. 그래서 비비 크림을 바르지 않거나 머리를 감지 않고 모자를 푹 눌러쓰거나 편하게 트레이닝복이나 슬리퍼 차림으로 나가는 등의 내추럴과 캐주얼을 행하지 못한다.

07:30~09:00 인터넷 서핑/글쓰기

09:00~10:30 운동

10:30~11:10 식사

11:20~12:40 샤워/세팅

9시부터 단수가 예정되어 있었다. 루틴이 되어 있는 나의 굳건한 시간표를 변경해야만 했다. 7시 30분에 일어나자마자 샤워와 세팅을 했다. 나머지 할 일들은 미루거나 생략하기로 했다. 준비를 마치고 나니 얼추 9시가 다 되었다. 루틴이 틀어진 것이 퍽 짜증이 났지만 이미 상황과 부딪쳤고 나갈 준비도 마쳤으니 이제 그만 툴툴거리기로 했다.

그리고 9시, 물이 나온다. 그리고 9시 30분, 물이 나온다. 그리고 10시, 물이 나온다. 그리고 10시 30분, 물이 나온다. 그리고 11시, 물이 나온다. 그리고 또 그리고…….

물이 의연하게 나오는 거 정말이지 하나도 안 고맙다. 그래도 유비무환이니 그걸로 된 것이 전혀 아니다. 9시에 단수될 예정이라고 공고를 했으면 9시에 드팀없이 단수되어야 한다. 어제 엘리베이터에서 단수 공고문을 본 순간부터 이래저래 생각하며 새로운 시간표를 정립하고, 운동을 생략해야 하는 불쾌감을 감수하고, 미리 씻고 나갈 준비를 마치고 나서 9시에 벌어질 단수를 기다리고 있던 나에 대한 배반이다. 나는 시간 약속을 지키지 않는 게 세상에서 제일 싫다. 약속을 했으면 그대로 행해야지 왜 번복하는 것인지 모르겠다. 심지어 그게 좋은 것으로의 번복이어도 싫다. 아무리 사랑했던 여인이라도 나를 떠나갔다가 한참 뒤에 다시 돌아오고 싶다고 하면 자못 짜증이 솟구친다. 미치도록 보고 싶었기에 재회라는 달콤한 번복은 크나큰 유혹이지만 그래도 약속 불이행은 싫다. 이별 후, 술과 눈물과 후회와 그리움과 애원과 미련으로 망가지고 스러지던 그숱한 날들이 한순간에 무색해지는 느낌이다. 이제 와서 그렇게 다시 온다고 하면 대체 나의 구렁의 날들은 무엇이었는지에 대한 의문과 허무다. 떠난다고 했으면 끝까지 떠나야만 한다. 그래야 나의 망가짐이 의미를 가진다. 9시에 단수된다고 했으면 드팀없이 9시에 단수되어야만 한다. 그래야 나의 망가진 루틴과 변경된 시간표가 의미를 가진다. 내 삶에 닥친 어떤 변경과 변동에 따른 나의 수고가 제대로 보상을 받으려면, 그녀는 돌아오면 안 되는 것이고 9시가 넘어서는 물이 나오면 안 되는 것이다.

X

페이소스

타인으로 하여금 페이소스를 느끼도록 하는 것은 타인에게뿐만 아니라 화자 자신에게도 슬프고 거추장스러운 일이다. 그렇지만 그래서 지루한 일상에서 깨어나도록 하는 일이기도 하다. 안정의 권태로 탁해진 심신에 각성의 환기가 되는 것이다. 슬픔은 누구에게나 아픈 것임에 틀림없다. 하지만 아무에게나 아무 때나 흔하게 오는 것이 아니므로 그 귀한 슬픔에 처한 기회는 아픈 만큼 소중하다. 슬픔이라는 렌즈를 통해 나와 세계는 보다 뚜렷하게 재편되어 개안케 하고, 세계의 이면에 담긴 또 하나의 비밀을 선취한 우월감으로 독보하는 듯한 쾌감까지 안겨 준다. 그래서 고통에 빠진 나를 타인에게 내보이는 것은 나를 특별하게 만드는 근사한 일이다. 그리고 그것은 실제로 고통을 경감시키는 좋은 방법이기도 하다.

그런데 요즘 들어서는 고통을 떠벌리던 것도 다 젊은 시절의 한철 장사였다는 야릇한 생각이 들기 시작했다. 나이가 드니까 고통을 선포하고 전시하고픈 의욕이 대체로 시들해졌기 때문이다. 그런데 또 여전히 고통에는 무뎌지지 않는다는 것이 문제라면 문제다. 내가 가진 고통에 대해 자랑도 좀 늘어놓으면서 페이소스를 호소해야 제맛인데 만사가 귀찮아진 것이다. 돌아 보니, 고통이라는 이름의 간판을 멋스럽게 내걸고 슬픔에 몸부림치는 동시에 슬픔에 빠진 나를 부감할 줄도 알던 때가 실은 넘치는 생에의 욕구이자 욕망이었다. 허허, 이제는 뭐 그냥 그렇다.

X

결혼 II

남의 가정과 여자의 소중한 인생을 망치면 안 된다. 행복한 미래를 꿈꾸면서 차곡차곡 잘 살아온 그들의 내력에 불현듯 나를 뿌려 물거품이 되도록 할 수는 없다. 나에게는 여자를 고생시키고 그의 가정이 지닌 위상을 추락시킬 수 있을 만큼의 충분한 전술이 있다. 말하자면 성격이 이상하고 능력이 부족한 데다가 재산도 없다. 그러므로 나같이 표준 인간에서 한참 벗어나 있는 검은 인간은 혼자 사는 것이 마땅하다. 물론 이렇게 자기 객관화를 잘하는 척 솔직한 자백을 통해 은근히 역설적인 방어 기제로 운용하려는 것은 아니다. 나는 이미 소싯적부터 결혼이라는 물체 같은 단어를 볼 때마다 나와는 하등의 관계가 없는 것이라고 생각하면서 살아왔다. 결혼을 인륜지대사로 생각해 본 적이 단 한 번도 없다. 아무래도 이상한 세계의 먼 일인 듯 강렬한 비현실로 느껴져 애초에 참가할 의사가 전혀 없었다. 그러니까 내가 결혼에 대하여 이러쿵저러쿵 떠드는 게 사실은 '누구보다도 원하고 있지만 누구보다도 욕하고(부정하고) 있는' 식의 노총각 히스테리를 부리는 건 아니라는 말씀이다.

세간의 표준에 의거한 평가와 관계없이 나는 있는 그대로의 없는 내가 그럭저럭 괜찮다. 그리고 어차피 결혼하고 싶은 생각이 예나 지금이나 일관적으로 없는 가운데, 그러나 늘 먼저 유념하게 되는 것은 빈약한 자존감 챙기기나 주체적인 결정의 확인이 아니라 나는 결혼하면 안 되는 사람이라는 사실이다. 바로 그 사실을 똑바로 알고 잊지 않기 위해서이다. 겸허한 마음으로 경계해야 할 일이다. 자기의 이기적인 사랑의 성취와 종족 보존의 본능보다도 훨씬 더 중요한 것은 타인의 고귀한 삶에 대한 존중과 보전이다.

X

에쿠스 삼오공

사람들은 대개 모국어인 한글을 애정하고 자랑스러워한다. 하지만 특정 경우에는 알게 모르게 한글보다는 영어로 표기해야 더 그럴듯해 보인다고 생각하는 고정 관념이 있는 것 같다. 그래서 기본적으로 영어로 표기되어 온 경우에 대해서는 한글 표기의 낯선 이질감을 극복하지 못하고 그대로 전례를 따른다. 물론 모르긴 몰라도 국제 경쟁력을 갖추기 위한 네이밍이거나 표기 방법 등의 내부 사정이 있을 테지만 말이다. 아니면 진짜 그것이 더 멋있는 모양새라고 생각해서일 수도 있고. 아무튼 일례로 자동차 후면부에는 브랜드명이나 모델명이나 트림명이 오직 알파벳과 숫자를 이용하여 레터링이 되어 있다.

그런데 웬걸, 우연히 길에서 웃기는 자동차를 발견했다. 문화 사대주의에 대한 반발인 것인지 아니면 단순히 한글을 좋아하는 마음의 발로인 것인지 모르겠지만, 트렁크 좌측에는 '에쿠스'가, 우측에는 '삼오공'이 떡하니 부착되어 있었다. 위풍당당한 의기를 담은 듯 개조된 '에쿠스 삼오공'의 자태가 참으로 멋지고 신선하게 느껴졌다. 새삼 한글에 대한 자부심이 무럭무럭 솟아났다. 그러나 역시 기존의 'EQUUS 350'으로 표기하는 것이 확실히 나을 것 같았다. 어떤 고정 관념에는 다 그럴 만한 이유가 있는 것이었다.

X

근육 헤게모니

몸만들기에 매진하여 보기 좋은 몸매를 만들었다는 만족감에 보란 듯이 전시하는 것은 아무런 문제가 되지 않는다. 보디 프로필의 유행이든 육체주의든 나는 그것들을 못마땅하게 여기지 않는다. 아무리 내 몸이 옷을 훌훌 벗어젖히기에는 영 형편없고 관심 분야가 아니더라도 말이다. 나와는 다른 그들이 사는 세상을 존중하기 때문이다. 그리고 그들이 스스로를 그렇게 여기듯 나 역시 퍽 대단하다고 생각한다.

그런데 가끔가다 그 성과에 지나치게 도취한 일부 사람들이 주제넘은 설교를 늘어놓을 때가 있다. 가장 어렵다는 자신과의 싸움에서 승리감을 좀 맛보고 성취감이 하늘을 찌르다 보니 세상 모든 일이 자신이 관할하는 의지와 결단 아래에 있다고 믿고, 삶을 수월하게 컨트롤할 수 있다는 오만까지 더해져, 몸만들기에 관심이 없고 육체적으로 늘어져 있는 사람들을 함부로 가르치려 든다는 것이다. 세상에는 그들이 몸에 투자하는 시간과 노력만큼 각자의 세상에서 다른 어떤 것에 몰입하여 나름의 성과와 보람으로써 삶을 만들어 가는 사람들도 있는 것인데 말이다. 바벨 한 개 더 들 시간에 공부 한 자라도 더 하라는 비양조의 말을 들으면 기분이 어떠한가. 육체적으로 게으른데 정신적으로 부지런한 것, 육체적으로 부지런한데 정신적으로 게으른 것, 육체적으로 정신적으로 모두 부지런한 것, 육체적으로 정신적으로 모두 게으른 것, 그것들을 두고 서로 반목하면서 우열을 가릴 필요는 없다. 결국 저마다의 세상에서 저마다의 방식대로 살다가 가는 것일 뿐이다.

'건강한 신체에 건강한 정신이 깃든다.'라는 말에 거의 동의하는 편이다. 그런데 몸 좀 만들어 보고 의지와 욕구 좀 감독해 봤다고 마치 인생 사용법을 모두 파악하고 통찰력으로 무장한 듯 정신의 화신까지 자처하는 모습은 다소 우스꽝스럽다. 그러면서 비육체적, 비활동적 양태를 계몽시키겠다는 듯 촌철살인인 척하거나 아포리즘을 던진다거나 일장 연설을 한다거나 위세를 부리고 있는 꼴은 정말 가관이다. 몸을 만들고 나니까 갑자기 철학도 만만해 보이는 모양이다. 어떤 가치에 대한 확고부동한 신념과 열정 때문에 선동 및 지배 욕구가 들끓어도 주체할 수 있어야 한다. 그리고 그 위대한 마음은 본인 삶을 컨트롤하는 데까지만 잘 사용하고 그렇게 잘 살아가면 되는 것이다.

X

노욕

꾸밈새가 미비한 채로 광장에 나섰을 때, 감각과 인식이 무딘 것처럼 보이는 나이 든 사람과 마주치는 것은 아무렇지 않은데, 젊은이(여자, 특히 예쁜 여자)와 마주치는 것은 아무래도 부끄러워서 고개를 푹 숙이고 눈길을 피하게 된다. 도대체 나는 아직도 무슨 착각과 기대를 가지고서 사는 걸까.

신 포도

행복은 성적순이 아니라고 말하는 이들은 주로 성적이 낮은 사람들이고, 성적이 높은 사람들은 별말 없이 높은 성적에 행복해한다. 행복은 돈으로 살 수 없다고 말하는 이들은 주로 돈이 없는 사람들이고, 돈이 있는 사람들은 별말 없이 돈으로 행복을 사면서 행복해한다.

행복이란 성적이나 재물 같은 세속적인 '신 포도'에 있는 것이 아니라 보다 본질적이고 고귀한 어떤 가치에 있는 것이라며 겪어 보지도 않은 것들에 대해 왜곡된 평가를 내린다. 그런 거짓 위안에 빠질 게 아니라, '신 포도'라고 믿는 그것을 쟁취하여 포도가 실제로 달콤한지 시큼한지 직접 느껴 보고 판단하는 것이 훨씬 솔직하고 자연스러운 방식이다.

그러나 만약 포도를 쟁취할 만한 능력이나 의기가 없다면, 그러한 스스로를 담백하게 인정하면 된다. 그리고 꾸밈없이 '포도가 참 맛있겠다' 하고 아쉬운 마음으로 입맛 한 번 다시고 돌아서면 그만이다. 물론 애초부터 포도가 자신의 취향이나 목표나 가치관에 부합하지 않아서 진심으로 관심이 없다면 당연히 군소리 없이 그냥 지나쳐 버리고 말 것이다. 그리고 섣불리 가치 판단도 하지 않을 것이다.

자기의 기분을 좀 다스리자고 괜스레 포도를 '신 포도'로 단정하고 폄하하는 모습은 어쩐지 촌스럽고 처량해 보인다. 진실로 자기가 믿고 좇는 가치를 자랑스럽게 여기고 떳떳하게 삶을 일궈 나가는 사람에게는 포도가 특별히 달콤해 보이거나 시큼해 보이지 않는다. 그저 포도로 보일 뿐이다.

진짜로 달콤한 포도를 맛보고 행복해하는 사람들은 포도를 만끽하느라 도리어 고요하다. 그리고 정작 포도를 맛본 적 없는 사람들이 포도에 대해 가타부타 감정하며 수선스럽다.

X

그냥

그것이 좋은 일이든 나쁜 일이든 예상 밖의 어떤 일들이 일어나거나 일어나지 않은 이유. 선하게 살았더니 역시 좋은 일이 일어났다거나 악하게 살았더니 역시 나쁜 일이 일어났다는 식의 과보는 없다. 선하게 살았는데도 뜻밖의 나쁜 일이 일어난 것이 어떤 커다란 깨우침을 얻도록 하기 위한 계시도 아니고, 악하게 살았는데도 뜻밖의 좋은 일이 일어난 것이 어떤 커다란 불행을 등장시키기 위한 복선도 아니다. 악하게 살아도 오래 잘 살고 선하게 살아도 빨리 잘 죽는다. 악한과 아이의 수명은 죄과로 결정되지 않는다. 왜 하늘은 꼭 착한 사람을 먼저 데려가시냐는 말처럼 감성으로 일반화된 상투적 표현은 그것이 아무리 망자를 향한 슬픔과 찬사의 표현이라 할지라도, 거짓 원인의 오류인 논리적 결함으로 느껴지고 거부감이

들기 때문에 나는 쓸 수가 없다. 마찬가지 이유로 악이 실패하고 멸망하고 죽는 결과에 사필귀정과 인과응보를 말할 수도 없다. 뜻밖에 이렇게 된 게 다 그러그러해서 이렇게 되었다거나, 뜻밖에 이렇게 되지 않은 게 다 그러그러해서 이렇게 되지 않았다거나, 뜻밖에 이렇게 된 게 다 저러저러하려고 이렇게 되었다거나, 뜻밖에 이렇게 되지 않은 게 다 저러저러하려고 이렇게 되지 않았다고 하는 근거 없는 의미 부여를 배격한다. 특히 판단의 근거가 초월적이거나 선악에 의한 것이라면 극구 사양한다. 그냥 일어난 일이고 그냥 그렇게 된 것이다.

×

같은 하늘 아래

중고 사이트에 판매 글을 올린 건 약 2년 전쯤의 일이었다. 더 이상 사용하지 않은 채 방 한구석에 내버려둔 지 오래되었기 때문이었다. 못다 이룬 꿈을 다루듯 가깝게 두고는 보이지 않도록 애써 덮개로 가려 눈길을 거두었었다. 그렇게 나의 옛 악기는 마주하기가 영 달갑지 않은 존재로 전락해 버렸다. 2년 남짓의 시간이 흐르는 사이, 얼른 처분하고 싶은 골칫거리에서 더 나아가 처분하고자 하는 안달 난 마음마저 사라져 까맣게 잊고 살았다. 몇 번의 거래가 성사의 문턱에서 번번이 불발되었던 것도 한몫했다.

마침내 적극적인 구애자이자 구매자가 나타났다. 처음 연락이 왔을 때 무척이나 반가웠다. 2년 동안 묵혀 있던 거래였으니 그럴 만도 했다. 그런데 막상 거래 성사가 임박해지자 조금씩 반대로 꿈틀거렸다. 진부하게도 식었던 애정이 다시금 피어올라 애꿎은 지난 시절을 자꾸만 들춰 보도록 부추겼다. 그러나 추억의 급류에 휩쓸리기 전에 서둘러 미련을 잠재우고 그만 떠나보내기로 했다.

구매자가 카니발 차량을 끌고 나타났다. 구매자와 함께 낑낑거리며 악기를 겨우 실었다. 뒷좌석에 가만히 누워 있는 악기를 보고 있으니 못내 섭섭했다. 그는 이내 트렁크 문을 내려서 닫으려고 했다. 그때 순간적으로 나도 모르게 그를 제지하며 다급하게 말했다.

"저, 사진 한 장만 찍을게요."

마지막 뒷모습은 도저히 참을 수가 없었다. 앵글을 세심하게 맞출 겨를도 없이 얼른 떠나가는 장면을 담았다.

구매자는 호주로 이민을 간다고 했다. 뜻밖의 얘기였다. 어차피 다시는 볼일 없는 사이라는 것을 몰랐던 것도 아니고, 어느 곳으로 가든지 달라지는 것은 없겠지만 괜스레 마음이 뒤숭숭했다. 어떤 이별들 속에서도 '같은 하늘 아래' 살고 있다는 것은 그 얼마나 미묘한 여지로 남아 마음의 위안거리가 돼 주었던 것인지. 다시는 볼 수 없겠지만 그래도 어쩌면 언젠가 단 한 번이라도 마주칠 수 있을지도 모른다는 공상으로 시간과 공간의 거리를 재고 추측하던 순간들. 결국 그 마음마저 깨끗이 비울 수 있어야 이별은 비로소 막을 내릴 것이다.

X

악상(惡想)이 떠오르다

가끔 나도 모르게 도덕적으로 금기시되거나 법의 테두리를 벗어난 행동에 관한 상상이 번뜩일 때가 있다. 그러면 그때마다 어이쿠, 이러면 안 되지 하고 스스로를 엄하게 다그치며 황급히 상상의 전개를 중단한다. 뒤이어 깊은 죄책감에 시달린다. 배덕과 비위를 일삼는 사람이 되고 싶지 않은 바람과는 달리 몹쓸 상상이 불쑥 떠오르면 몹시 난감하다. 그러한 상상이 엄습했다는 사실은 의도적인 것이 아니었다고 해도 나의 인성을 의심케 한다. 하지만 마치 평소에 단 한 번도 염두에 둔 적 없던 사람이 뜬금없이 꿈속에 등장하는 것과 같은 불가항력적 우연성은 적잖이 억울하게 느껴진다. 상상된 나쁜 상상 그 자체가 문제이자 주모자인가. 아니면 나쁜 상상이 발현된 본산으로서의 나 자신이 문제이자 주모자인가. 역시 강제로 상상된 나쁜 상상일지라도 그것은 내 본바탕으로부터의 발로임을 여실히 드러내는 것인가. 상상은 자유인 걸까. 타인에게 아무런 해를 끼치지 않는다고 해서 마음대로 펼쳐도 되는 걸까. 물론 상상은 자유이고 의당 자유여야 하겠지만, 나쁜 상상이 더럽게 묻은 내 머릿속은 상상으로부터 결코 자유롭지가 않다. 그립다. 모르긴 몰라도 무의식조차 때묻지 않았었던 그 시절이.

X

자기의 삶

서울에서 개최된 시상식에 참석했고 지금 이제 일본에 귀국했어요. 제가 이번에 한국문학번역상 번역신인상을 받았는데, 제일 먼저 문학의 세계를 알려 준 사람은 현준이니까 누구보다도 감사를 전하고 싶어요. 감사해요. 10년 전에 준 책은 나의 소중한 보물이에요.

사야카로부터

(그리고 사진이 첨부되어 있다. 10년 전 그 책의 첫 장 속에는 친절함이 묻어나는 짧은 메시지가 정성스러운 글씨로 쓰여 있다.)

자기의 삶은 오로지 자기의 결심과 자기의 행동과 자기의 기억으로 이루어져 있는 것인가. 자기의 삶이란 온전히 자기 혼자만의 성역인 것 같아도 실은 타인의 기억 속에 존재함으로써 재편되고 각성된다. 누군가에게 좋은 영향을 끼쳐 좋은 기억으로 남아 있다는 것, 언젠가 그의 삶을 요약하는 수상 소감 중 한 조각이 될 수 있다는 것의 위력은 대단하다. 그것은 나 혼자의 힘으로만 삶을 보기 좋게 주조해 나가려는 시도와 그에 따른 성과의 한계를 가뿐히 넘어서는 것이다. 그가 어느 날 성큼 건져 올려 툭 건네준 내 지난 삶의 뒷면이란 이제야 알게 된 가장 정확한 내 모습의 연착이다.

현재가 현실임을 알고 지금 이 순간마다의 나를 의심 없이 나로 인식하면서 살고 있지만, 왜 나의 뚜렷한 진짜 모습은 언제나 뒤늦게 도착하는 것인지. 내 기억에는 전혀 남아 있지 않은 낯선 모습의 나를 소개받음으로써 내가 정말로 숨 쉬고 있던 그때의 삶을 되찾을 수 있다는 것은 위안이 된다. 그리고 그 희망은 다시금 '좋은 사람이 되어야겠다.'라는 막연하고도 벅찬 삶의 이정표를 세우고 싶게끔 만든다.

하지만 그보다 더 중요하게 여기고 싶고 더 강하게 다짐하고 싶은 것은 누군가에게 나는 나쁜 기억이었다는 사실을 되새기는 것. 아직 드러나지는 않았지만 나로부터 발생된 과오와 추태와

상처와 눈물과 기만에 대한 참회는 착한 척하는 이정표보다 훨씬 앞서야 한다는 것. 그들의 삶에서 내가 하찮은 존재로 여겨지듯 부디 씻겨 나가고 삭제되었기를 바랄 뿐. 그들은 어떻게든 잊어야 하고, 나는 어떻게든 잊지 말아야 하는 것.

섬 같은 삶을 살고 있는 내가 할 말은 아니지만, 사람은 이토록 타인과의 관계성을 통해 자신을 깨닫고 발견함으로써 존재한다. 그게 좋은 쪽으로든 나쁜 쪽으로든.

×

틀

큰 화분이 버려져 있다. 한쪽 면의 절반 이상이 깨어져 속이 훤히 보인다. 오래된 흙덩이는 용케 무너지지 않고 화분 속에 있던 모습 그대로를 잘 유지하고 있다.

나를 둘러싸고 있는 수많은 관념들은 긴긴 세월에 걸쳐 마련된 것이다. 지각, 경험, 형성, 변경, 폐기, 재형성의 반복적인 공정을 통해 어떤 것들은 확신에 찬 주견이 되었고, 어떤 것들은 진즉에 부정하여 배척되었다. 또 어떤 것들은 지식의 미비로 판단이 유보되어 여태 계류 중이다. 그렇게 시간이 흘러 어찌어찌하다 보니 머리에 피가 말라 푸석푸석한 나이가 되었다. 이제는 새로운 발생과 변경에 인색하고 둔한 사람이 되었다. 제 딴에 까다로운 공정을 다 마쳐 더 이상 손볼 곳이 없다는 듯 나의 가치관과 신념과 태도와 취향은 꽤나 굳건하다. 그것들은 오랜 세월과 오만의 축적을 접착제 삼아 나에게 빈틈없이 달라붙어 나를 직간접적으로 보여주는 단단한 틀이 되었다.

잘 된 공정이든 잘 안된 공정이든 모두 내가 살아온 삶의 방식이 깃든 틀이었다. 그러한 나만의 틀은 나에게 있어 고고한 보호막이면서 동시에 미련한 굴레였다. 그렇게 나라는 인간은 이제 그 틀이 부서지고 떼어져도 어지간하면 그 모습 그대로이다. 그만큼 긴 시간이 흘렀고, 그 시간만큼 긍정적으로나 부정적으로나 더 단단해졌다. 나는 지금 나름의 장고 끝에 마련된 틀과 그 틀이 형상한 나의 모습을 새삼 부정하거나 후회하는 것은 전혀 아니다. 오히려 이제는 따로 어떠한 틀에 기대지 않아도 꼿꼿이 존재하는 그 모습이 대견스럽기까지 하다.

그럼에도 한편으로는 더없이 눈물겨운 정경으로 느껴지는 것은 왜일까? 혹시 나는 아직도 어떻게 살아야 하는지 몰라서 움찔거리고 망설이는 것일까? 되돌릴 수 없을 만큼 확실하게 굳어진 그 형상이 과연 내가 진짜 바라던 나의 모습이 맞기는 한 것일까? 왜 나이가 들면서 느는 것은 확신이 아니라 새로 거듭되는 의혹인 것일까? 왜 인생을 알아갈수록 더 선명해지는 것은 기쁨이 아니라 슬픔인 것일까?

X

글 잘 쓰는 법

1.

유튜브에서 '글 잘 쓰는 법'을 검색하면 수많은 영상들이 쏟아져 나온다. 그들이 권고하는 여러 가지 수칙들은 얼추 비슷비슷하다. 그중에 가장 반복적으로 두드러지는 요점은 문장을 짧게 쓰라는 것과 누구에게나 잘 읽히도록 쉽게 쓰라는 것이다. 그리고 어려운 단어를 갖다 쓰면서 폼 잡지 말라고 지적한다. 잘 쓴 글은 쉽게 쓴 글이고, 쉽게 쓴 글이 잘 쓴 글이라고 말한다. 잘 쓴 글은 폼 잡지 않은 글이고, 폼 잡지 않은 글이 잘 쓴 글이라고 말한다. 이 무슨 '메가 히트곡이 되려면 유치원생도 따라 부를 수 있어야 한다'라는 공식 같은 소리인가. 반드시 어느 누구에게나 잘 읽히도록 쉽게 써야 하는 것일까? 나는 그와 같이 필요충분조건적인 억압으로 주입

시키는 것에 반대한다.

우선 글의 난이도는 글의 장르에 따라 달라질 수 있다. 보통 학술적이고 전문적인 논문이나 비평은 읽기 어려울 수 있고, 일반적이고 일상적인 에세이는 읽기 쉬울 수 있다. 그러나 아무리 에세이가 대표적인 대중 친화적인 장르라고 해도 에세이 나름일 것이다. 글의 주제나 글쓴이의 재주가 천차만별이기 때문이다. 시(詩)도 어려운 건 남의 핸드폰 비밀번호를 푸는 것만큼 어려워 당최 무슨 말인지 이해할 수 없는 것들이 있다. 그런가 하면 인스타그램에 각종 '감성 글' 계정에는 '1+1=2'처럼 하나 마나 한 소리를 시 혹은 아포리즘이라는 미명으로 둔갑시킨, 중학교 2학년의 싸이월드 다이어리 같은 수준의 글들이 범람하고 있다. 이처럼 글의 난이도는 장르별로 구획하여 간단하게 판단할 수 있는 것은 아니다. 오히려 각 장르에서의 각 필자가 지닌 사유의 수준과 범위에 따라 달라지는 것이다. 또한 글의 난이도는 절대적인 기준으로 고정되는 것이 아니라 독자에 따라 달리 평가될 수 있는 가변적인 것이다. 독자들마다 보유한 배경지식과 수준이 각기 다르기 때문이다.

물론 그들의 주장은 보다 보편적이고 실용적인 글쓰기에 해당되는 요건이었을 수 있다. 거기에는 보통 대다수의 독자들에게 두루 잘 읽히고 쉽게 공감을 이끌어 낼 수 있어야 비로소 글이 존재 가치를 지니고 목적을 달성한 것이라는 전제가 바탕을 이루고 있기 때문이다. 그럼에도 불구하고 나는 '잘 읽히도록 쉽게 쓴 글<-> 잘 쓴 글' 또는 '어려운 단어를 쓴 글<->폼 잡은 글'과 같은 공식화로 선동하는 것에 반대한다. 설사 어떤 필자에게 기술과 배려가 부족하여 쉽게 읽히지 않는 글을 생산했다고 해서 문제 될 것은 없다. 어떤 글의 존재 의미는 세간의 평가를 바라지 않음으로써 존재하는 것이다. 뭇 독자들을 반드시 이해시켜야 하고 떠받들어야 하는 안내문이나 보고서나 제품 설명서가 아니다. 단지 필자 자신만의 본질적 사유를 위해 쓰이는 글일 수도 있다. 그리고 상대적으로 어휘력이나 문해력이 부족한 사람들의 편의를 위해 글의 매무새를 자꾸만 하향 조정시키다 보면, 결국 필자와 독자의 수준 모두 하향 평준화가 될 우려가 있다. 그들의 필요충분조건적인 억압은 일부 독자들로 하여금 자신의 수준 미달을 직시하지 않고 안주하도록 만든다. 그러면 자칫 현학적 글에 대한 신경증적 혐오와 배척의 정당성을 심어 주는 결과를 낳을 수도 있다. 대중적인 재질과 쾌적성을 위해 글의 모양새가 획일적으로 상품화되고 도식화되는 것에 대한 경계이다. 글은 누군가에게 읽히기 전에 먼저 자신을 위해 자신의 개성으로 써지는 것이다.

2.

소설과 같은 작품을 통한 독서의 기능은 기본적으로 꿈과 환상으로의 진입이다. 현실에서 벗어나 다양한 세계를 간접적으로 누비면서 상상력을 자극하고 창의력을 증진시킬 수 있다. 그리고 자기계발서나 각종 실용서의 경우에는 실생활에 유용한 정보를 얻을 수 있도록 돕는 것이 주기능일 것이다. 그러한 각 장르마다의 역할 말고도 나에게는 또 하나의 중요한 독서의 기능이 있다. 바로 '단어 발굴의 장(場)'이 되어 주는 것이다.

나는 책을 읽다가 모르는(어려운) 단어를 발견하면 몹시 신난다. 마치 엇갈린 세월의 끝에서 뒤늦게 마주한 연인에게 귀엽게 다그치듯 '아니, 도대체 지금까지 어디에 있다가 이제서야 나타난 거니.' 같은 심정이 된다. 그러고는 얼른 단어의 손을 잡아끌어 검색창으로 데려가 살아온 내력을 물어본다. 아, 이런 뜻으로 살아왔구나, 왜 이제서야 너를 알았을까, 역시 내가 가진 어휘량은 빈약한 것이었구나, 잘 보살피다가 나중에 한번 적절하게 써 봐야지, 따위의 생각이 들지 필자가 공연히 폼을 잡았다는 생각은 일절 들지 않는다. 오히려 필자가 사용한 단어는 그의 사고 체계에서 아주 자연스럽고 당연한 출력이었을 거라는 생각이 든다. 또 그가 그토록 다채롭고 방대한 단어들을 제 것으로 익숙하게 만들고 다시 문장에 녹여내기까지 들였을 시간과 노력의 역사를 생각하면 경외심마저 들게 된다.

3.

폼 잡는 것은 나쁜 것이 아니다. 폼 잡을 줄 안다는 것은 기교를 부릴 줄 안다는 것이다. 다시 말해 부릴 만한 기술과 솜씨가 있다는 말이다. 음악에서도 풍부한 화성학 지식을 통해 각종 텐션(폼)을 가미하여 리하모니제이션을 한다. 그런데 음악가의 현란한 기술을 두고 '쉽게 쓴 곡<->잘 쓴 곡' 또는 '코드 진행을 복잡하게 쓴 곡<->폼 잡은 곡'이라고 폄하하는 음악인들이 가끔 있다. 연주에서도 대개 화려한 속주를 위시한 여타 테크닉이 부족한 사람들이 그놈의 필링(feeling)과 스피릿(spirit)만을 부르짖기도 한다. 속으로는 열등감을 느끼고 있기 때문에 그에 대한 반발심으로 미적 가치의 우월성을 따로 정립하여 대항하는 것이다. 그러면서 '화려한 기교에는 감탄은 있지만 감동은 없다. 진심이 담겨야 감동이 느껴지는 것이다.'라는 실체가 없는 이상한 주장을 하기 시작한다. 감탄과 감동의 속성은 전혀 다른 것인가? 진심은 정교한 테크닉이 아닌 일그러진 표정 안에만 깃드는 것인가? 그야말로 그릇된 예술적 병증과 명언 페티시가 낳은 비논리적 이항 대립 설정을 통한 말장난에 불과한 것이다.

물론 그들의 의견에도 일리가 아주 없는 것은 아니다. 그리고 그러한 의견을 내세울 수도 있다. 그러나 그들이 마치 모든 것을 꿰뚫고 있는 도인이 된 것처럼 초연하고 초월한 멋을 풍기고 싶다면 적어도 수준급의 기교에 가닿기 위해 분투했던 길고 지난한 여정의 경험과 기술의 실제가 필요하다. 그래야 그나마 말에 신뢰와 정당성이 생기는 것이다. 거장도 아니고 기교와 현학적 재료도 빈약하면서 뭐 말로만 쉽게 느껴져야 잘 만든 것이다, 폼 잡지 말아야 한다, 딱 보면 다 안다는 식으로 허풍을 떨고 있는 것, 다른 게 아니라 그게 바로 실속 없이 폼 잡고 있는 것이다.

4.

유명한 것, 무명한 것, 대중적인 것, 비대중적인 것, 상업적인 것, 비상업적인 것, 예술적인 것, 비예술적인 것, 통속적인 것, 고답적인 것, 국내의 것, 국외의 것, 고전적인 것, 현대적인 것, 감성적인 것,

이성적인 것, 복잡한 것, 단순한 것, 가벼운 것, 무거운 것, 쉬운 것, 어려운 것.

나에게는 따로 집중적으로 특정된 취향이 없다. 국소적 취향이 아니라 전체적 취향이다. 말하자면 가리지 않고 이것저것 다 좋아하는 잡식성이다. 성벽을 쌓듯 나만의 개성과 스타일이 담긴 나만의 취향을 고집스럽게 구축하기 위해 위에 열거한 속성들을 의도적인 출발점으로 삼은 적이 없다. 나는 좋아하기 위한 이유를 먼저 마련해 놓지 않는다. 뭔가를 열렬하게 좋아하는 거대한 마음이란 작위적이고 협소한 인과(因果)의 틀을 미리 설치하여 통과하게 할 만큼 교활한 것이 아니기 때문이다. 좋으면 있는 그대로 좋은 것으로 느끼고 그걸로 끝이다. 분명 좋다고 느꼈는데도 자기만의 고상한 취향의 리스트에 올리기에는 뭔가 께름칙한 면이 있어 탈락시키는 일은 없다. 나를 확 삼켜 버리고 흔들어 버리는 온갖 것들을 느낀다. 온몸으로 그대로 부딪으며 솔직하게 느낀다. 그리고 그중에 좋아하게 된 것들을 보기 좋게 한 줄로 도열하려는데 도저히 하나의 속성과 범주로는 불가능하다.

좋아하고 보니 유명한 것이었고, 좋아하고 보니 무명한 것이었다. 좋아하고 보니 대중적인 것이었고, 좋아하고 보니 비대중적인 것이었다. 좋아하고 보니 상업적인 것이었고, 좋아하고 보니 비상업적인 것이었다. 좋아하고 보니 예술적인 것이었고, 좋아하고 보니 비예술적인 것이었다. 좋아하고 보니 통속적인 것이었고, 좋아하고 보니 고답적인 것이었다. 좋아하고 보니 국내의 것이었고, 좋아하고 보니 국외의 것이었다. 좋아하고 보니 고전적인 것이었고, 좋아하고 보니 현대적인 것이었다. 좋아하고 보니 감성적인 것이었고, 좋아하고 보니 이성적인 것이었다. 좋아하고 보니 복잡한 것이었고, 좋아하고 보니 단순한 것이었다. 좋아하고 보니 가벼운 것이었고, 좋아하고 보니 무거운 것이었다. 좋아하고 보니 쉬운 것이었고, 좋아하고 보니 어려운 것이었다.

5.

나같이 한가한 사람이 아니고서야 바쁜 현대인들에게는 '~하는 법'이라고 하는 것들이 시간과 노력을 운용하기 위한 효율적인 길잡이일 수 있다. 그러나 그것은 어디까지나 참고용이지 절대적 진리가 되어서는 안 된다. 그럭저럭 괜찮은 평가를 받기 위해, 정해진 실선 밖으로 이탈되지 않기 위해, 자신의 개성을 '~하는 법'에 끼워 맞춰 간편하게 재단하는 것은 창의성 배양에 반하는 것이다. 자꾸만 그러한 분위기에 익숙해지면 모두가 간직하고 있는 어린아이같이 거침없는 예술적 자기표현의 다양성이 축소되고 경직된다. 그렇게 되면 저마다 누릴 수 있는 가지각색 삶의 다채로운 향취도 사그라지게 된다. 난해함을 추구하든 수월함을 추구하든 아니면 다른 어떤 것을 추구하든 전부 상관없다. 다만 비주체적인 휩쓸림을 단속해야만 한다. 그리고 세상 만물 음양의 조화에 기여하기 위해 자기가 하고 싶은 대로 막 해야 한다. 그것이 세간의 환영을 받든 받지 못하든 간에 말이다. '그래서 네가 그것밖에 안되는 거야.'라고 말한다면 뭐 딱히 할 말은 없다. 그러니까 과연 누가 글 좀 잘 써보겠답시고 이런 글을 끝까지 읽고 있겠냐는 말이다.

X

남자들의 불문율

공중 화장실에서 누군가 먼저 소변기 한 곳에 기준을 잡고 볼일을 보고 있을 때, 최소한 바로 그 옆자리는 건너뛰고 자리 잡는 것이 남자들 사이의 불문율이다. 마찬가지로 남자들끼리(성별을 떠나서도) 우연히 서로 눈이 마주쳤을 때, '좋아서 그런 게 아니라 예의이기 때문'이라는 함의의 신속하면서도 굴하지는 않는 듯한 눈빛으로 무심하게 곧바로 시선을 철회해야 한다. 그런데 가끔 그 1초 남짓 주어지는 철회의 골든 타임을 무시하고 계속 쳐다보는 이상한 사람들이 있다. 시선의 지속 시간도 문제지만 무엇보다도 그렇게 골든 타임을 내팽개치는 사람들은 벌써 인상부터가 여간 큰 문제인 것이 아니다. 그네들의 천박한 성정이 절묘하게 형상화되어 고대로 얼굴에 그득그득 담겨 있다. 꼴에 수컷이라고 인류의 먼 조상으로부터 전해 내려온 경계와 기세의 유전 인자 때문인 것일까. 아무튼 아니꼬운 사람들의 아니꼬운 눈빛을 가만히 쬐고 있는 일은 매우 곤욕스럽다. 정말이지 너무나도 숨 막힌다. 되지도 않는 허세를 부리는 같잖은 사람들의 부실한 몸짓들. 그들은 내가 얼마나 무서운 사람인지 미처 모르고 덤비는 것 같다. 레이지 어게인스트 더 머신, 오디오 슬레이브, 메탈리카 등과 같은 음악을 즐기는 감상자인지를. 그런 음악들을 몸에 두르고 머릿속에서 다 때려 부수는 시뮬레이션을 돌리는 무자비한 몽상가인지를. 국가의 거대한 사법 체제와 나의 아름다운 음악 세계 안에서 오늘도 나는 평화롭다.

ㅈ

영원

끝나버린 사랑을 추억으로 갈고리 걸어 견인한다. 그래 봐야 어디 한 곳 만질 수도 없는 게 실속 없는 잔영뿐인 것을. 마술사의 주먹 쥔 손에 실체 없는 환상을 구겨 넣듯 마음속에 영원이라는 글자 하나를 간편하게 새겨 넣는다. 그러나 무책임한 글자 하나가 불현듯 장미가 되어 튀어 오를 리 없다. 격정적인 사랑의 흥분을 주체할 수 없으니 영원까지 들먹이며 과장한다. 그러나 그것도 다 나의 육체가 존재할 때나 떠들어 댈 수 있는 경거망동한 치장에 불과하다. 생명 활동을 다하고 콘센트에서 플러그를 뽑듯 의식이 소멸되면 영원이라는 글자는 어디로 흩뿌려지고 누구에게 인계되는가. 죽으면 다 끝이라서 생각할 수 있는 내가 없는데, 내가 존재하고 생각해야 생각할 수 있는 그대가 있고 사랑도 있고 추억도 있는 것일 텐데, 영원이라고 해서 달리 머무를 곳 있겠는가.

삶의 유한성과 모든 생명이 죽는다는 사실은 근원적 공포가 된다. 그래서 종교를 통한 구원과 내세에 대한 믿음 혹은 결혼과 번식을 통한 유전자의 대물림으로써 영원을 예치하여 경감과 해소를 꾀한다. 그러나 나에게는 종교도 번식도 모두 허무맹랑한 것으로 여겨진다. 그나마 삶보다 긴 예술을 믿고 사는 편이 확실히 더 그럴싸한 기만으로 보인다. 예술에 속아 넘어간 삶은 아름다움에 지쳐 죽음의 그림자를 천천히 밟아 갈 것이니. 영원을 믿지 않는 나 같은 인간도 예술을 믿다 보면 영원이 언뜻 진짜 영원처럼 보일 때가 더러 있다.

×

Una Vita Serena

3월

불현듯 해야 할 일이 생각나다. 엔니오 모리꼬네의 음악 전부 듣기.

몇 년 전부터였던 것 같다. 가끔 친구를 만나 술을 마실 때면 이야기하곤 했다. 현재 내가 가장 두려워하고 있는 부고는 엔니오 모리꼬네라고. 내가 가장 사랑하는 게 그였기 때문이기도 했지만, 그보다는 그의 나이가 당장 90세를 넘었다는 현실에서 오는 위기감이었다. 나는 머지않아 닥치게 될 그의 죽음을 대비하여 나름의 준비를 해야겠다고 생각했다. 그의 이름 앞에 떳떳해져야 한다고 생각했다. 나에게는 훗날 그를 떠나보내며 '내 진정 그를 사랑했노라.' 하고 늠름하게 말할 수 있는 자격이 있는가. 그를 사랑한다고 생각으로 말로 글로 떠벌리 듯 살아왔지만 과연 나는 그에 대해서 얼마큼이나 알고 있단 말인가. 음악 외적인 그의 삶에 대한 연대기는 차치한다 하더라도, 우선 그의 음악을 전부 다 들어 보고서 하는 말인가. 물론 아니었다. 내가 듣고 좋아한 그의 음악은 그가 평생을 걸쳐 발표했던 방대한 양의 음악들 중 지극히 작은 일부였다. 물론 엔니오 모리꼬네의 음악 몇 곡을 더 알고 모르는 것의 차이로 사랑의 자격이 갑자기 생기거나 없어지는 게 아닐 것이다. 뭇사람들이 보통 영화 <미션>, <시네마 천국>, <러브 어페어>에서의 서정적인 몇 곡만을 알고 있다고 해서 그들의 엔니오 모리꼬네를 향한 온도를 낮게 볼 수는 없는 것처럼 말이다. 때때로 누군가의 인생에 지각 변동을 일으키는 데 음악 한 곡이면 충분하기 때문이다. 하나의 잇닿음이라도 온전한 사랑일 수 있기 때문이다. 그럼에도 불구하고 나는 나의 사랑이 남들과는 다르기를 갈구했다. 내가 주창하는 나의 사랑에 무게를 더하고 책임을 다하고 싶었다. 무릇 진정한 사랑의 본질이란 달콤할 때 달콤해하는 그 누구나 해낼 수 있는 순간에 있는 것이 아니라 그 너머에 쓰디쓸 때도 함께 쓰디써 할 수 있는 순간에 있다고 믿는 이유이기도 했다.

7월

엔니오 모리꼬네 사망.

9월

그의 음악 4329곡(멜론 사이트 기준/중복 포함)의 감상을 반년에 걸쳐 모두 마쳤다. 과업을 해 나가는 도중에 거짓말처럼 그의 부고를 접했다. 그러나 슬퍼하고 무너지고 지체하지 않았다. 나의 과업을 묵묵히 끝까지 완수하기로 마음먹었고 오늘에 이르렀다. 그를 알게 되고 사랑에 빠지고 숭앙하면서 살아온 지 어느덧 20년이 되었다. 그동안 나는 삶의 결정적인 순간순간의 틈새마다 그의 음악을 끼워 넣어 슬프도록 아름답게 연출했고, 그로써 나의 위태로운 삶을 지탱할 수 있었다. 그러나 그 길었던 시간들이 무색할 만큼 그 시간들보다 올해 조금은 더 그를 알게 되었다. 고통스러운 삶 속에 잠시나마 평화로운 삶이 존재했다면, 그것은 바로 엔니오 모리꼬네의 음악 덕분이었다. 늦었지만 이제는 말할 수 있을 것 같다. 삼가 고인의 명복을.

X

참을 수 없는 졸부의 가벼움

수준이 낮고 교양이 없는 사람이 졸부가 되면 유독 부를 조잡하게 과시한다. 당연히 없던 사람이 갑자기 생기면 눈알이 뒤집히게 마련이다. 그렇게 느닷없이 맞이한 천금으로 고가품을 향유하는 것에만 그치면 다행이다. 그런데 나아가 그것을 통해 자신의 품위까지 승격시킬 수 있다고 믿으며, 실제로 그렇게 되었다고 착각하기도 한다. 그러나 수준과 교양을 염두에 둬 본 적이 없고, 고상하고 우아한 것들을 찾아 몰입하고 탐구하며 지성과 미적 감각을 단련해 본 적이 전혀 없던 사람에게 품위가 불쑥 생길 리 만무하다.

그저 상류층의 겉보기만을 흉내 내고 좇아가려다 보니 조급함이 느껴진다. 인테리어나 스타일의 면면을 뜯어보면 대충 알 수 있다. 다양한 것들을 두고 관계성, 통일성, 단순성 등을 고려하여 적절하게 매치할 수 있는 센스와 안목과 심미안이 전무하므로 일단 무조건 비싼 것들을 마구잡이로 사들여 여기저기에 맥락 없이 배치한다. 아마도 장신구든 장식품이든 일차원적인 부의 상징인 황금색이 많이 보일 확률이 높다.

전시되어 있는 물건들은 아무 말을 하지 않는다. 그런데 '나는 돈이 있다. 이렇게 과시하지 않고서는 도저히 못 견디겠다.'라고 하는 말풍선들이 두둥실두둥실 떠다니며 아우성치고 있는 것만 같다. 내가 가지지 못한 것이어서 그렇게 보이는 것은 아니다. 삶의 목적과 보람이 오로지 과시, 과시를 위한 과시, 뻔한 의도가 고스란히 노출된 전시는 너무나도 촌스럽고 수준이나 교양과는 아예 거리가 먼 것이다. 언감생심 부티는 무슨, 싼티고 날티다.

그것은 흡사 양아치들이 반팔을 입을 수 있게 되자 새삼 의기양양해지는 것과 같은 우스운 모습을 떠올리게 한다. 아주 신나서 쪽팔린 줄도 모르고 팔 토시 같은 문신을 짜잔 드러내자마자 몸뚱어리에 잔뜩 힘을 주고, 금팔찌와 금목걸이와 클러치 백을 덜렁거림으로써 양아치 프로토콜을 필히 수행하고, 그래서 그것을 삶의 의미이자 과업으로 여기는 것이다. 매우 모자라고 유치하고 단세포적인 사고방식이 적나라하게 드러나는 것이다. 그 긴 겨울 동안 자랑하고 싶어서 도대체 어떻게 견뎠을까 하는 생각을 하면 참 한심하기도 하고 코웃음이 다 난다.

없는 수준과 없는 교양에 열등감을 극복하기 위해 뭔가 열심히 정성스럽게 처바르고 발버둥 치고 있는 모습은 양아치나 졸부나 도긴개긴이다. 전시된 결과물과 결과물, 결과물과 당사자 간에는 슬픈 부조화만이 안쓰럽게 표류한다. 돈이 좀 생겨서 그럴싸하게 부를 치장할 수는 있어도 품위는 결코 돈으로만 살 수 있는 것이 아니다. 오랫동안 지독하게 굳어진 하류의 상스러움은 정신없이 돈으로 금칠하고 덧칠한다고 해도 도저히 상쇄시킬 수가 없다.

아, 물론 그 사람들의 자유이고 딱히 잘못했다는 것은 아니다. 그런데 그 사람들의 자기만족이겠거니 하고 넘기기에는 뭔가 잘못된 것을 본 듯 짜증이 난다. 이것은 역시 나의 열등감인가? 다시 말하지만 내가 가지지 못해서 화난 것은 아니다. 또한 나는 제법 품위를 갖추고 있어서 이런 말을 하고 앉아 있는 것인가 하면, 당연히 품위가 없으니까 편하게 하는 말이다. 다만 나는 쥣도 없던 사람이 갑자기 부를 향유하기 시작하고부터 조잡한 조합과 경박한 과시로 활개를 치는 것과는 어울리지도 않게 한껏 고상한 척까지 하고 있는 꼴을 보고 있으면 우스꽝스러워서 당최 견딜 수가 없다. 되는 게 있고 안 되는 게 있는 법인데 다 될 거라고 착각하는 그 용기는 정말로 부러운 것이다. 일찍이 발자크는 〈우아한 삶에 대하여〉에서 명쾌한 아포리즘으로 말한다.

"부자는 만들어지지만, 우아한 인간은 타고난다."

X

노숙인의 사랑

그는 벤치에 앉아서 한참을 두리번거렸다. 그의 앞을 지나가는 사람들을 따라 연신 고개를 번갈아가며 기웃거렸다. 남루한 행색과 더불어 사회에서 이탈되어 있는 듯한 모습 때문이었을까. 나는 그의 눈빛이 음습해 보였다. 어쩌면 그가 짧은 치마나 꽉 죄는 청바지를 입은 여자의 뒤꽁무니를 좇고 있는 것은 아닌가 하는 의혹을 품기 시작했다. 그래서 나는 우선 그의 시선이 남자와 여자로 이분하여 차등을 두고 있는지, 옷차림새의 관능에 따라 차등을 두고 있는지 주시했다.

계속해서 지켜본 결과 전혀 아니었다. 남녀를 불문하고 그냥 사람들의 움직임을 따라 움직이는 고성능 관찰 카메라와 같이 기계적으로 시선을 던지고 있을 뿐이었다. 꽤나 단정하게 옷을 차려 입고 쾌적한 커피숍 창가 자리에 앉아 우월한 관찰자라도 된다는 듯 착각에 빠져 그를 평하고 있던 내 모습이 몹시 가증스럽게 느껴졌다. 사실 여인의 뒤태를 살피고 있는 것은 고상한 척하고 있는 나였는지 모른다. 오히려 그는 두리번거리는 중간중간에도 그의 곁에 두고 있는 '아기 백호 인형'에 유달리 신경을 쓰고 있었다. 백호의 목에는 정성스레 스카프가 둘러져 있었다. 불현듯 부는 쌀쌀한 바람에 연인의 옷깃을 다정하게 여며주는 풍경처럼 그는 백호의 스카프를 거듭 매만지며 바로 고쳐 주었다. 그리고 백호를 자신의 무릎 위로 데리고 와 확인하듯 마주하기도 했는데, 백호를 무심하게 한 손으로 집어 드는 것이 아니라 신줏단지 모시듯 두 손으로 받들어 조심조심 옮기는 것이었다. 잠시 후 그는 벤치에서 일어나 백호를 품 안에 쏙 끌어안고 어딘가로 유유히 사라졌다.

그가 완전히 미쳤다고 생각했는가 하면 전혀 아니었다. 나는 그가 부러웠다. 우리의 삶에 있어 소중히 지켜야 할 대상이 있다는 것은 그 얼마나 절실한 문제인가. 나는 비록 줄 곳 없는 사랑을 쥐고서 독고다이로 살고 있지만, 어쩌면 사랑으로 함께 대응되는 존재가 있다는 것이야말로 삶의 의미에 보다 깊게 닿아 있는 것으로 느껴졌다. 나에게 백호와 같은 존재는 무엇인가. 나를 잊게 만들고 나를 있게 만드는 존재가 있는가. 슬프지만 없다. 나는 그저 사랑을 방치하고 외면하고 반쪽짜리 사랑으로 연명하고 있다. 그런 주제에 그를 곡해하고 나를 과장했다. 겨우 옷 하나 더 차려 입고 사회의 구석진 끄트머리에 가까스로 매달려 있을 뿐이면서 그보다 훨씬 우월한 줄 알고 착각한 껍데기인 관찰자에 불과했다. 자신의 안위보다 사랑하는 대상의 안위를 더 걱정하고, 그 존재를 통해 자신의 삶을 나아가게 하며, 어지러운 세상 속 배회하는 사랑을 조용히 거두어들이면서 살고 있는 그가 나보다 불행하다고 여길 만한 근거는 어디에도 없었다. 아기 백호 인형을 극진하게 보살피고 있는 그는 분명 그의 방식대로 행복한 삶을 살고 있는 것이었다. 그것으로 충분했다. 결국 삶을 끝내 지탱하는 힘은 자기 자신만을 향한 불완전하고 불투명한 위안에 있는 것이 아니라 사랑하는 대상을 향해 건네는 눈물겨운 헌신에 있다는 것을 보았다.

╳

지독한 관종

자신을 향한 관종이라는 언급에 대하여, 멀뚱멀뚱 눈을 동그랗게 뜨고 이해가 잘 가지 않는다는 듯 두 손을 쭉 내밀어 어깨를 으쓱하면서, 사실 따지고 보면 우리들 모두 관종이 아닌가요? 하면서 마치 보편적 인간 본성을 간파하고 있다는 듯, 멀쩡한 사람들까지 도매금으로 취급해 버리는 지독한 관종의 뻔뻔함을 보고 있으면 머리가 어질어질하다. 아니, 어찌 내가 너같이 부끄러움과 정도를 모르는 관종이란 말이냐. 그것은 살인범이 잡범에게 어차피 우리는 같은 범죄자일 뿐이라고 말하는 꼴이 아닌가. 하향 평준화된 부끄러움력(力)과 캐주얼해진 시대를 명분 삼아 도무지 부끄러움이라는 것을 모르고 나대는 지독한 관종들은 나댈 때 나대더라도 엄연히 격과 수준의 차이가 존재한다는 것을 정확하게 숙지하고 나댔으면 좋겠다. 아, 물론 나에게 격과 수준이 따로 있어서 하는 말은 아니므로, 그러는 너는 얼마나 고상하냐는 식으로 유치하고 너절하게 말대꾸하지 않았으면 좋겠다.

✕

Q.E.D.

무엇이 얼마나 좋고 왜 사랑하느냐는 물음에 명쾌하고 구체적인 대답은 하지도 못하면서, 사랑하는데 이유가 어디 있냐며 마치 돌고 돌아 철학적 해답으로 귀결했다는 듯 피우는 거드름은 참 웃기다. 사랑한다면 입에 게거품을 물면서 사랑의 근원을 이루는 작은 부품까지 설명할 수 있어야지. 충분히 설명할 수 있을 만큼의 사랑이 부족하거나 지식이 부족한 것. 그리고 지식이 부족한 것도 따지고 보면 역시 사랑이 부족한 것. 좋으니까 좋아하는 거라는 등 유치한 말장난을 한다거나 갑빠를 퍽퍽 두들기며 사랑은 말로 하는 게 아니라 가슴이 시키는 거라는 둥 그저 부푼 가슴 하나로 대책 없는 유사 과학을 들이밀어 네 사랑의 증거로 채택하지 마라. 설명해라. 낱낱이 설명할 수 있어야 진짜 사랑이다. 그래서 멍청한 나는 니체를 제대로 모르는데 니체를 분명 좋아하는 것 같은 이 불분명한 경계의 감정이 싫다. 나의 넘치는 사랑과 정열을 따르지 못하는 나의 무식함이 싫다. 아니지, 말은 똑바로 해야지. 무식함의 인정을 통해 편리함을 추구하고 있는 것일 뿐. 무식함을 극복하기 위해 어떻게든 배우고 익히고 알아내고자 하는 노력의 불편함 속에 진짜 사랑이 있다는 것. 게다가 진짜 사랑은 그러한 노력을 노력으로 느끼지도 않는다는 것. 그냥 그렇게 밖에 할 수 없는 것. 노력이 아니라 사랑인 것. 사실 내 사랑과 정열은 전혀 넘치지 않았고, 단지 그것들이 넘치는 것처럼 보였을 때 타인들에게 보일 수 있는 순수와 광기를 품은 특별한 분위기만을 좇았고, 무식함을 자백함으로써 노력의 불편함을 감수해야 하는 것으로부터 면제 대상이 되었다고 착각한 가증스러운 내가 있었을 뿐. 설명할 수 있어야 제대로 아는 것. 설명하지 못하면 제대로 사랑하지 않은 것. 진짜 사랑은 그냥 가슴이 웅장해진다는 느낌만으로 난데없이 웅장해지는 것이 아니라 'Q.E.D.'로 마무리 짓듯 기필코 모든 설명을 다 끝마치고 나서야 비로소 웅장해지는 것. 그리고 그때 가면 'R. Strauss: Also Sprach Zarathustra, Op. 30 - I. Prelude (Sonnenaufgang)'이 제대로 실감이 나는 것.

X

쓸쓸한 사람들

바람이 쌀쌀해진 늦가을, 가로수 주변으로 수북이 쌓아 놓은 낙엽들을 바라보다.

쓸쓸한 사람들이 한데 모이면 외로움은 처치되는가. 외로움을 본질적인 것으로 받아들이지 못하고 반대로 반대로만 애써 탈피하려는 그 작위적 부대낌이 나는 오히려 더 처량해 보인다. 외로움을 어설프게 타인들과 나누려고 한다거나 없애려고 하면 할수록 시시하게 퇴색될 뿐이다. 외로움은 반드시 해결되어야 하는 기갈 같은 것이 아니라 외로운 채로 이미 완성되어 있는 것이다.

ⅩI

아는 영화

노랑머리, 해피 엔드, 거짓말, 미인, 배니싱 트윈, 청춘, 썸머타임, 결혼은 미친 짓이다, 마법의 성, 맛있는 섹스 그리고 사랑, 스캔들: 조선남녀상열지사, 녹색의자, 거미숲, 애인, 이브의 유혹: 그녀만의 테크닉, 미인도, 쌍화점, 오감도, 펜트하우스 코끼리, 채식주의자, 90분, 비밀애, 나탈리, 두 여자, 방자전, 전망 좋은 집, 간기남, 베드, 후궁: 제왕의 첩, 짓, 붉은 바캉스 검은 웨딩, 꼭두각시, 끝과 시작, 황제를 위하여, 봄, 인간중독, 레쓰링, 타짜: 신의 손, 마담 뺑덕, 꽃보다 처녀귀신, 어우동: 주인 없는 꽃, 스케치, 순수의 시대, 강남 1970, 워킹걸, 간신, 덫: 치명적인 유혹, 여자전쟁: 비열한 거래, 아가씨, 리얼, 상류사회, 인민을 위해 복무하라…….

-그 영화 봤어?

-어, 안 봤는데 봤어.

X

무감각의 제국: 제2차 보고서

•공중화장실에서 변기 물을 안 내리고 가는 사람

•지하철 좌석에서 다리를 쩍 벌리고 앉는 사람

•서 있는 사람들로 붐비는 지하철 좌석에서 다리를 꼬고 있는 사람

•지하철 좌석에 앉아 있을 때 외투 자락이 비어 있는 옆자리로 흘러 내려가 있는지 단속하지 않는(것까지는 좋은데 누가 앉으면서 모르고 살짝 깔고 앉으면 엄청 짜증난다는 듯 확 잡아당기면서 오만상을 짓는) 사람

•공공장소에서 이어폰 없이 영상물을 시청하는 사람

•버스나 지하철에서 노인 공경의 마음으로 자리를 양보했을 때 감사 인사를 하지 않고 당연한 것으로 여기며 앉는 사람

•버스 앞좌석에 열려 있는 창문을 앞좌석에 앉은 사람에게 양

해를 구하지 않고 그냥 밀어서 닫아 버리는 사람

•고속버스나 기차에서 등받이를 뒤로 젖힐 때 뒤쪽을 살피면서 천천히 젖히지 않고 확 젖히는 사람

•고속버스나 기차에서 등받이를 뒤로 너무 많이 젖히는 사람

•먼저 담배를 피우고 있는 사람에게 라이터를 빌릴 때 "저, 실례지만 라이터 좀 빌릴 수 있을까요?"라고 하지 않고 "저기, 라이터 좀 빌립시다."라고 하는 사람

•빌린 라이터로 불을 붙이고 나서 다시 돌려줄 때 가벼운 목례나 감사 인사를 하지 않는 사람

•예쁘게 장식되어 있는 음식이나 케이크를 한 치의 망설임도 없이 거칠게 철거해서 곧바로 먹는 사람

•비행기, 버스, 기차의 창가 자리에서 나올 때 "실례합니다." 혹은 "좀 지나가겠습니다."라고 말하지 않는 사람

•좁은 길이나 공간에서 사람을 헤쳐 나갈 때 "실례합니다." 혹은 "좀 지나가겠습니다."라고 말하지 않는 사람

•지하철에서 하차 승객이 다 내리기도 전에 먼저 비집고 밀면서 타는 사람

•만원 지하철에서 승객들이 우르르 하차하는데 내렸다가 다시

타지 않고 출입구 가장자리 쪽에서 기어코 버티고 서 있는 사람

•공공장소에서 귓구멍을 오밀조밀 후빈 다음에 새끼손가락에 묻어 나온 귀지를 후후 불어 날리는 사람

•여럿이 함께 하는 식사 자리나 술자리에 막 앉았을 때 컵에 물을 분배하든지 수저를 세팅하든지 아니면 돕는 시늉이라도 하든지 그 어느 것도 하지 않고 멀뚱거리면서 가만히 있는 사람

•반찬을 최대한 한 번에 공략하지 않고 몇 번이고 집었다 놨다 집었다 놨다 뒤적이는 사람

•개인 접시에 덜어 먹는 음식이 나왔을 때 자기 것만 먼저 냉큼 덜어서 먹는 사람

•여럿이 함께 식사할 때 다른 사람들은 모두 식사를 마쳤는데 전혀 개의치 않고 끝까지 혼자만 느긋하게 먹는 사람

•어깨를 부딪치고 나서 말없이 그냥 가는 사람

•공중목욕탕에서 씻지 않고 탕에 들어가는 사람

•공중목욕탕 탕 안에서 방귀를 뀌는 사람

•식당을 비롯한 각종 주문하는 상황에서 "~주세요."라고 요청했을 때 "네."라고 대답을 제대로 하지 않는 사람

•등산할 때 음악을 크게 틀어 놓고 과시하는 사람

•한강공원을 비롯한 각종 공원이나 휴식지에서 음악을 크게 틀어 놓고 과시하는 사람

•호텔, 모텔, 여관, 펜션 등 숙박업소에서 나올 때 아주 개판으로 어질러 놓고 퇴실하는 사람

•숙박업소에 비치된 수건, 샤워 가운 등 각종 객실 물품을 가져가는 사람

•커피숍에 비치된 냅킨, 빨대, 스틱 설탕을 한 움큼 집어서 가져가는 사람

•수영장 물속에서 오줌을 싸는 사람

•수능 시험 날에 지각해서 싸이카에 실려가는 사람

•수능 시험 날에 고사장을 착각해서 다른 곳으로 잘못 가는 사람

•OMR 카드에 답을 밀려 쓰는 사람

•투표용지에 도장을 이상하게 잘못 찍는 사람

•남의 집 냉장고를 서슴없이 열어서 탐색하는 사람

•음식 준비를 하는 것도 아니면서 그릇을 식탁으로 나르거나 수저를 세팅하는 등 최소한의 보조 노릇을 하지 않고 거실 소파에 퍼질러 있는 사람

•밥을 얻어먹고 나서 (말이라도) 그럼 커피는 자기가 사겠다고 하지 않는 사람

•술자리 1차를 얻어먹고 나서 (말이라도) 그럼 2차는 자기가 쏘겠다고 하지 않는 사람

•부모 형제의 생년월일을 모르는 사람

•고기를 구워 먹을 때 굽는 역할을 전혀 하지 않는 사람

•꽃을 꺾거나 밟는 사람

•만지지 말고 눈으로만 보라고 하는데도 꼭 만지는 사람

•잔디밭에 들어가지 말라고 하는데도 꼭 들어가는 사람

•폭탄주 제조를 위한 퍼포먼스를 요란하게 하면서 식탁과 바닥에 쏟고 흘리고 엎지르는 사람

•맥주 병뚜껑을 숟가락으로 따다가 병뚜껑을 다른 테이블의 사람들 쪽으로 날리는 사람

•소주 뚜껑의 꽁다리로 튕기기 게임을 하다가 다른 테이블의 사람들 쪽으로 날리는 사람

•소원이 담긴 돌탑을 무너뜨리는 사람

•동심이 담긴 눈사람을 부수는 사람

•벤치에 신발을 신고 올라서는 사람

•무한 리필 음식점에서 인간적, 양심적, 암묵적으로 지킬 법한 어떤 유한의 한계선이라는 것을 일절 생각하지 않고 계속 먹는 사람

•뷔페에서 특정 음식을 한 접시에 있는 대로 죄다 싹쓸이하는 사람

•엘리베이터에서 양손 가득 짐을 들어 버튼을 누르는데 곤란을 겪고 있는 사람을 봤을 때 "몇 층 가시나요?"라고 말하면서 대신 눌러 주지 않는 사람

•커피숍에서 자리를 맡아 놓고 밥 먹으러 갔다 오는 사람

•주차 자리에 선 채로 먼저 와서 자리를 맡아 놓고 있었다며 조금 있다가 차가 올 거라고 말하는 사람

•끊임없이 다리를 덜덜덜 떠는 사람

•횡단보도 신호등이 빨간 불로 바뀌었는데도 미처 다 건너지 못한 거동 불편자를 향해 클랙슨을 울리는 사람

•드실 만큼만 가져가라는 추가 반찬 셀프 코너에서 멋대로 한 가득 퍼간 다음에 결국 잔반을 남기는 사람

•공유 전동 킥보드를 아무 데나 내던져 놓는 사람

•수도꼭지를 제대로 잠그지 않는 사람

•자동차를 횡단보도에 침범해서 정차하는 사람

•좁은 골목길이나 아파트 단지 내에서 속도를 줄이지 않고 운전하는 사람

•세면대가 하나뿐인 공중화장실에서 다음 사람이 기다리고 있는데도 서두르는 기색은 하나 없이 여유롭게 머리를 매만지고 못생긴 얼굴을 연거푸 확인하는 사람

•에스컬레이터에서 내릴 때 일단 앞으로 쭉 나가지 않고 두리번거리며 방향을 찾고 있는 사람

•마트에서 사려고 골랐다가 마음이 바뀌었을 때 물건을 제자리에 가져다 놓지 않는 사람

관찰자

이제는 확실히 젊음이 낯선 물체로 보인다. 한 번도 내 것으로 가진 적이 없었던 것 같고, 나와는 아예 관계없는 남의 이야기로 느껴진다. 젊음을 몸소 실천하던 당사자에서 물러나 젊음을 멀리서 노려보는 관찰자가 되었다. 이제야 보이기 시작한 거리의 수많은 젊음들이 마냥 예쁘고 부럽고 밉다. 나만 쏙 빼놓고 자기들끼리만 젊겠다고 난리다. 물론 가장 미운 건 나 자신이다. 한창 젊을 때는 젊음 귀한 줄 모르고 괄시하더니 다 늙고 나니까 젊음 어디로 갔냐며 탄식하고 있는 모양새라니.

X

말레나

나는 웬만해서는 한 번 본 영화나 책을 다시 보지 않는다. 특히 무척 좋았던 작품들이라면 더욱 그렇다. 통상적으로 보면 쉽게 이해가 가지 않을 수도 있다. 모름지기 좋은 작품이란 작품 자체의 생물 같은 힘에다가 두꺼운 세월을 통해 단단한 퇴적층을 형성해 가면서 점점 의미가 배가되고 성장하는 것이기 때문이다. 또한 어떤 작품이든지 간에 교접하고 있는 감상자의 연령, 상황, 지적 수준, 감정 상태 등에 따라 작품은 각양각색의 감상을 초래하기 때문이다. 그래서 싫어하던 것이 좋아질 수도 있고, 좋아하던 것이 싫어질 수도 있다. 그리고 좋아하던 것이 더 좋아질 수도 있고, 싫어하던 것이 더 싫어질 수도 있다. 그렇기 때문에 어떤 작품을 딱 한 번만 접한 것으로 작품과 나 사이의 궁합을 단번에 속단하는 것은 살짝 경계하는 것이 좋다. 그것은 작품이 시대와 감상자의 면모에 따라 새롭게 다가설 수 있는 또 다른 의미에 대한 가능성을 닫아 버리는 것이다. 어쨌든 미처 알아보지 못하고 스치듯 떠나보낸 작품들은 차치하더라도, 암나사와 수나사의 정교한 결합처럼 나의 세계와 빈틈없이 맞물린 작품을 몇 개쯤 가지고 있다는 건 정말로 기막힌 우연의 산물이자 큰 행운이다. 그 좋았던 경험은 한 번으로는 턱없이 부족하므로 두 번 보고 세 번 보고 또 보면서 행복한 느낌을 틈나는 대로 재현해야 마땅할 것이다

그런데 나는 도대체 그러고 싶지가 않다. 혹시 다시 보지 않고서는 배길 수 없을 만한 작품을 만나지 못했기 때문일까. 물론 전혀 아니다. 나에게도 나를 집어삼키고 내 인생을 뒤흔들었던 지중한 작품들이 있다. 예컨대 세르지오 레오네의 〈Once Upon A Time In America〉 같은 영화와 이외수의 〈들개〉 같은 소설이 그렇다.

나는 그것들과 교접하던 순간을 또렷하게 기억한다. 새것처럼 싱싱하고 말랑말랑하여 신축성이 뛰어난 내 세계의 구멍은 어떠한 수나사라도 고집 없이 감격스럽게 받아들일 준비가 돼 있었다. 어둠이 깊은 밤, 나는 심하게 지각변동을 일으켰고 내 방은 아래로 아래로 깊이 가라앉았다. 작품의 마지막에 이르렀을 때 나는 자리에서

그대로 얼어붙었다. 심장 박동이 빨라졌으며 야릇하게 현기증이 났다. 예술 작품에 의한 생리적 반응을 체험했다. 훌륭한 작품을 만나고 알아가는 것은 쾌락 중에 쾌락이라는 것을 절감했다. 내 작은 삶을 이끄는 눈부신 기억이자 동력이 되었다.

그래서 역설적이지만 그 영롱한 순간을 그곳에 남겨 두고 애써 다시 찾지 않기로 했다. 처음으로 느꼈던 그 황홀감을 그때 그 시간 속에 영원히 박제하고 싶은 심정이었다. 좋았던 것은 어지간하면 또 좋을 것이라고 생각되었지만 혹시라도 한계 효용 체감의 법칙이 적용될까 봐 두려웠다. 소중한 것을 소중하게 대하지 못하는 나를 마주할까 봐 두려웠다. 첫사랑을 함부로 뒤적이지 않듯 재회하기를 자꾸만 유예하고 또 유예했다. 그토록 강렬하고 뜨거웠던 최초가 어설픈 재회로 인해 희석될 것만 같은 나만의 유별난 불안이었다. 그래서 TV를 돌리다가 우연히 '인생 영화'를 마주치면 화들짝 놀라며 얼른 채널을 돌려 버리곤 했다. 그렇게 대충대충 맥락 없이 만날 수 있는 사이가 아닌 것이었다. 물론 두 번 다시는 만나지 않겠다고 확약하고 다짐한 것은 아니었다. 최초의 기억과 언젠가 다시 만나게 되는 상상 그 사이 어딘가에 머무르면서 아랫배가 저릿저릿 해지는 유예와 희망의 시간을 즐김이기도 했다.

근자에 와서 술을 한잔했던 탓인지 아니면 나이를 먹고 공허한 탓인지는 몰라도 기억 속에 소중히 모셔 놓았던 영화들을 끄집어내어 다시 봤다. 의외로 큰 결심 없이 귀신에 홀린 듯 벌어진 일이었다. 〈Malena〉, 〈La Sconosciuta〉, 〈Cinema Paradiso〉가 바로 그것들이다. 그 영화들은 나로 하여금 내 삶의 미장센에 집착하도록 만들었다. 엇갈림의 미학이나 슬픔의 쾌락과 같은 역설적 연출에 심혈을 쏟도록 했다. 실제 현실의 삶에 가슴을 후비는 영화적 연출을 도입하여 엇비슷하게라도 예술 같은 삶을 빚어낼 수 있기를 바랐다.

다시 어둠이 깊은 밤, 결국 십여 년 만에 그것들과 재회했고, 처음인 듯 울었고, 두 번째 지각변동을 일으켰다. 다행히 처음 만났던 순간의 밀도가 훼손되는 일은 없었다. 오히려 나의 오랜 우려가 무색할 정도로 그것들과 나의 관계는 한층 더 견고해졌다. 그래서 역시 너무 소중했으므로 또 한 십 년 후에나 만나게 될지도 모르는 일이다. 내 찬란했던 연애사와 동일시되어 폐부를 찌른 〈Malena〉의 마지막 대사를 인용하는 것으로 벅찬 마음을 대신한다.

나는 죽어라고 페달을 밟았다.

갈망, 순수, 그리고…….

그녀로부터 탈출이라도 하듯…….

그 후, 난 많은 여인들과 사랑을 했다.

그들은 내 품에 안겨

자신들을 기억할 거냐고 물었다.

그때마다 나는 그럴 거라 대답했다.

하지만, 내 마음속엔 내게 한 번도 묻지 않았던

말레나만이 남아 있다.

X

부족한 사랑의 변명

늦은 밤 잠자리, 빙고가 내 옆에서 쿨쿨 자고 있다. 슬며시 배 쪽으로 손을 가져다 대보니 따뜻한 체온이 느껴진다. 문득 살아 있는 생명체라는 것이 신기하게 여겨져 괜스레 털을 쓸어 보고 몸뚱이에 코를 파묻고 긴 순간을 맡아 본다. 그러고는 습관처럼 빙고가 무지개다리를 건너게 되는 날을 상상한다. 과연 나는 빙고 없이 살아가야 할 날들을 감당할 수 있을까 하고 시름에 잠긴다.

아니다. 그런 생각을 하는 것은 너무 가증스럽다. 나는 꼭 의연하게 감당해 볼 생각이다. 빙고가 사라진 날들에 대한 애달픈 상상만큼 나는 지금 내 곁에 있는 빙고를 간절하게 원하고 간절하게 그리워하고 간절하게 사랑하고 있는 것인지 의문이 든다. 울 수 있는 자격이라는 게 그렇게 개나 소나 아무에게나 주어지는 거라면 나는 더 이상 눈물을 믿지 않겠다. 어느 정도의 밀도로 사랑을 했건 일단 눈물을 좀 흘리고 감성에 매몰됨으로써 도매금으로 취급될 바에는 차라리 눈물을 거두는 편이 낫겠다.

나는 이제 이런 식의 신파들에 환멸을 느낀다. 더 잘해 주지 못해서 미안해, 그때 그렇게 하지 말 걸 그랬어, 그때 그렇게 할걸 그랬어, 좋은 곳으로 가서 편하게 쉬어, 잠시 어딘가로 멀리 여행을 떠나 있는 거라고 생각해, 내 가슴속에서 함께하고 있는 거야, 너무너무 사랑해, 그리고 영원히 잊지 않을게, 기도할게, 죽을 만큼 보고 싶어, 하늘에서 나를 지켜봐 줘, 언젠가 우리 꼭 다시 만나자…….

존재하지도 않는 상황 설정과 이미 힘을 잃어버려 부질없는 후회들, 자기 치유와 자기 장식을 위한 모노드라마에 무표정으로 일관하는 사람이 되었다. 착한 척, 따뜻한 척, 간절한 척, 소중한 척, 순수한 척, 아름다운 척, 영원한 척, 유일한 척, 척, 척, 척. 죽음 같은 사랑도 아니었으면서 사랑의 상실 앞에서는 그 누구보다도 죽음 가까이에 있는 척.

어리석음과 한계와 후회투성이인 사람이 살아가는 모양이 다 그런 것 아니겠냐고 반격하겠지만 그래도 나는 싫다. 있을 때 온 힘을 다해 사랑하고 희생하여(사랑하여) 떠나보낼 때에 지나친 미련 없이 사랑을 담담하게 배웅할 수 있으면 좋을 텐데. 물론, 그래서 할 만큼 다 하고 나면 의연할 수 있는 것이냐고 혹은 죽을 만큼 사랑했다면 더더욱 의연할 수가 없는 것 아니냐고 반격하겠지만. 아니면 있을 때 충분히 사랑하지 못한 것을 겸허하게 자백하고 반성하며 스스로 이 슬픔은 사치라고 여겨 남들 다 하는 그 흔한 눈물이어도 되도록 절제할 수 있으면 좋을 텐데. 물론, 죽을 만큼 사랑한 게 아니어도 죽을 만큼 아파할 수 있는 것 아니냐고 혹은 그게 다 더 사랑하지 못한 안타까움 때문 아니겠냐고 혹은 눈물에 따로 자격이라는 게 있는 것이냐고 반격하겠지만.

'있을 때 잘해 후회하지 말고.'라는 희대의 격언은 그토록 오랜 시간 동안 구전되고 강조되었음에도 사람들의 체내에 전혀 스며들지 못했다. 한낱 격언 놀잇감으로 의미 없이 공중에 떠다니며 그저 그런 소모품이 되었다. 저마다 소중한 누군가를 잃었을 때 스스로를 비극과 회한의 주인공으로 만들고 슬픔을 극대화하기 좋은 도구에 지나지 않는다. 그리고 어둠의 터널에서 빠져나와 어느 정도 마음이 제자리를 찾게 되었을 때, 아직 제대로 된 상실을 경험하지 못한 사람을 향해 '후, 너희들은 이런 거 피우지 마라.'와 비슷한 선지자 놀이를 하면서 조언이랍시고 거들먹거리는 것에 불과하다. 마치 자기는 그 감정의 불쾌한 끈적거림으로 얼룩진 지난한 과정을 다 거쳐 봐서 잘 안다는 듯 냉소적으로 젠체하면서. 참 웃기다. 있을 때 잘하지 않은 게 뭐가 자랑이라고.

사람이 하루하루 정신없이 살다 보면 사는 게 어디 그렇게 마음처럼 쉽게 되는 것이겠냐는 말. 마음은 그게 아닌데 마음처럼 잘되지 않았다는 말. 나는 이제 이런 걸 두고, 마음이 그게 아닌 게 아니라 정확히 그게 맞고 마음처럼 잘되지 않은 게 아니라 딱 마음만큼만 된 것이라고 못 박고 싶다. 그냥 모든 게 다 사랑이 부족했던 것의 변명. 이제는 정말 지겹고 지겨워서 치가 떨린다. 한사코 입만 살아서 겨우 사랑하는 척만 하다가 또다시 잊고 일상의 관성에 묻혀 조만간 죽어 버릴 나라는 인간이란.

X

사랑의 패권

나는 아직도 너의 몸을 잊을 수 없다

결코 마음이 들어설 곳 없는 너의 곡선을

잊을 수 없다 잊을 수 없다

너는 만지면 부서질 듯 부드러웠다

너는 닿으면 멀어질 듯 희미했다

끝끝내 지키지 못한 나의 욕망

모든 것은 네가 그러한 탓

나의 시선은 모른 척하며

미칠 듯한 너의 향기를

너의 빠알간 입술 속 이글거리던

욕망의 혀를 단숨에 집어삼켰다

어느 누구도 너의 눈부신 순수에

매도당하지 않을 수 없으리

비록 죽을 만큼은 아니었으나

죽음보다도 아득했던 너의 금빛 육체를

잊을 수 없다 잊을 수 없다

덧없는 나의 욕망에 반하여

너를 반추함은

다만 그것이 사랑이었다고 믿고 싶을 뿐

-《태양》, 2008 -

남녀 간에 있어 정신적인 사랑을 성스럽고 유일한 본질로 받들며 '정신 우월주의'에 빠져 있던 시절이 있었다. 그러나 사랑의 패권이 정신에서 육체로 이양되었을 때 비로소 나는 손그늘을 내리고 눈부신 진짜 사랑과 마주했다.

X

슬픔의 기원

거대한 달이 흩뿌린 금가루가 검은 강물 위로 이글이글 반짝인다. 너무 아름다운 것에는 죽음을 불사해서라도 온몸을 내던지고 싶은 강렬한 충동의 인력이 작용한다. 도저히 정염을 거둘 수 없는 여인도, 거꾸로 되돌릴 수 없는 시간도, 좀처럼 이해할 수 없는 우주도. 나는 이제 멍하니 하늘만 바라보는 사람이 되었다. 왠지 그곳을 따라가다 보면 닿을 수 없는 것들을 향해 무던히도 닿고자 했던 내 슬픔들의 기원이 한데 모여 그리움의 소실점을 이루고 있을 것만 같다. 그러다 하마터면 뛰어들고자 꿈틀거리는 금빛 마음을 저지하느라 한동안은 아랫배가 간질간질했다.